외로우면 걸어라

외로우면 걸어라

초판 1쇄 2012년 6월 25일

지은이 김영재
펴낸이 김영재
펴낸곳 책만드는집

주소 서울 마포구 합정동 428-49번지 4층(121-887)
전화 3142-1585 · 6
팩시밀리 336-8908
전자우편 chaekjip@naver.com
등록 1994년 1월 13일 제10-927호
© 김영재, 2012

ISBN 978-89-7944-398-1 (03810)

이 도서의 국립중앙도서관 출판시도서목록(CIP)은 e-CIP
홈페이지(http://www.nl.go.kr/cip.php)에서 이용하실 수 있습니다.
(CIP제어번호:CIP2012002542)

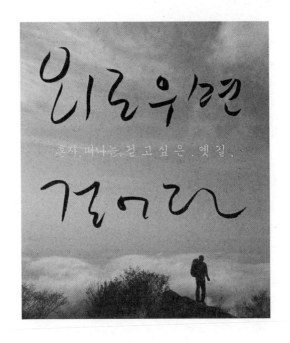

외로우면

혼자. 떠나는. 걷고 싶은. 옛 길.

걸어라

김영재 글·사진

책만드는집

새롭게 닦은 몸과 마음의 길

신선한 장르 하나를 창조해내었다. 김영재 시인이 시와 산문과 사진으로 다시 걸은 우리의 옛길이 여기 우리의 영혼에 아름다운 길을 새롭게 닦아내고 있다. 신작로(新作路)다. 《현대시학》은 그가 달마다 짊어지고 돌아와 부리는 귀한 길을 그의 영혼의 배낭에서 소중스레 꺼내어 풀어내는 일을 2010년 1월부터 2011년 11월까지 빠지지 않고 내보낸 바 있다.

여기 그가 찾은 길을 되짚어 힘을 얻는다. 그는 가장 오래된 옛길 '하늘재'에서 첫발을 내딛기 시작한다.

이 새로운 장르는 한 권의 시집이며 산문집이며 사진집이며 자상한 안내서이기도 하다. 새롭게 남을 『신동국여지승람(新東國輿地勝覽)』이다. 유례없는 입체미를 보이고 있는 향기 높은 문맥(文脈)을 한 발자국 한 발자국 짊어가며 삶을 새롭게 열었다. 고갯마루에 서서 시원한 바람으로 이마의 땀을 잠시 식히며 동행의 그리운 사람과 함께하지 못한 아쉬움에 젖는다. 그가 이 길에서 쓴 시 한 편을 다시 읽어 그에게 보낸다. 쌍계사에서 북일폭포까지 걸으며 아득한 봄날 쓴 시.

"이런 봄날 꽃이 되어 / 피어 있지 않는다면 / 그 꽃 아래 누워서 / 탐하지 않는다면 / 눈보라 / 소름 돋게 건너온 사랑인들 뜨겁겠느냐"(「홍매」 전문)

— 정진규 시인 · 《현대시학》 주간

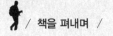

외로우면 걸으세요

참 많이 걸었습니다. 백두대간 종주를 마치고, 더 이상 갈 수 없는 향로봉에서 금강산을 바라보며, 거칠게 다져진 내 두 발바닥을 감싸며 "참 많이 걸었습니다. 발이여! 수고스러움이여!"라고 속삭여주었습니다.

그리고 속으로 생각했습니다. 앞으로 얼마를 더 걸어야 할 것이라고. 넓지 않은 나의 조국, 나의 땅을 걸을 수 있는 힘이 닿을 때까지 걸어야겠노라고. 나는 우리의 국토를 걸으면서 많은 것을 배웠고, 생각을 깨우쳤습니다. 그리고 가장 소중한 사랑을 배웠습니다. 걷지 않을 때는 우리 땅의 소중함을 미처 눈치채지 못했습니다. 그러나 산을 넘고 길을 걸으면서 내 몸이 헐거워지면서 그 틈으로 내 나라 산하의 소중함이 살붙이가 되었습니다.

이 책이 나오기까지는 순전히 지령 500호를 훌쩍 넘긴 우리나라 최고의 시지(詩誌) 《현대시학》 정진규 시인의 덕분입니다.

전국의 여러 산을 오르내리고 백두대간 종주를 마친 후, 아직 안 가본 산을 계획하고 있을 때 정진규 선생으로부터 《현대시학》

에 옛길 연재 제안이 왔습니다. 나는 대답은 했지만 차일피일 미루고 있었는데 2010년 1월호부터 「김영재 시인의 눈에 밟히는 옛길」 기획 연재 예고 사고(社告)가 나가면서 구체화되었습니다.

독자와 약속을 잡아놓고 어디서부터 걸어야 할지 고민이 생겼습니다. 기록으로 남아 있는 가장 오래된 길, 계립령(하늘재)을 시작으로 홀로 걷기를 떠났습니다. 높은 산을 넘고 계곡을 건너고 산의 등줄기를 걷던 맛과는 다른, 새로운 즐거움을 만끽하면서 정신없이 2년을 보냈습니다.

사진을 찍고, 글을 쓰며 걷는 길들은 예전에 그냥 스쳐 지나갔던 길이 아니었습니다. 새로운 길이었습니다. 옛사람들의 냄새가 있었으며 역사가 있었고 소중한 삶의 체취가 내 몸으로 배접되었습니다. 그 걸었던 순간들이 책으로 다시 태어났습니다. 걷는 동안 행복했습니다. 아직 걷지 못한 옛길, 우리 길을 계속 걸어가야겠습니다.

연재하는 동안 많은 성원도 받았고, 시 전문지에 글을 쓰는 부담감도 있었지만 많은 시인들의 격려가 힘이 되었습니다. '지리산 장터목' 글을 읽은 어느 독자에게 "그곳을 걷는 것은 등산이지 어디 옛길이냐!"는 항의(?)도 받았지만 즐거웠습니다.

글은 장 구분 없이 연재 당시의 순서대로 배열했습니다. 다른 책과 차별화를 위해 옛길에 대한 산문을 쓰고 시 한 편씩을 창작

해 실었습니다. 연재 당시 시는 화보로 처리했지만 단행본에서는
편집을 바꿔 배치했습니다.

  문경새재를 혼자 걸었을 때는 마음이 많이 힘들었습니다. 7년
동안 병석에 계시던 어머니를 보내드린 직후였습니다. 걷는데 무
덤가에 개망초 몇 송이 피어 나를 불렀습니다. 나는 거기에 주저
앉아 한참을 울었습니다.

> 개망초 피었네요 돌아오세요 어머니
> 돌아와 나랑 함께 계란꽃 놀이 해요
> 잠자리 콩눈 굴리며 까불까불 날지 않아요
> − 졸시 「콩눈」 전문

  옛길 걷기 책 제목이 『외로우면 걸어라─혼자 떠나는 걷고 싶은 옛길』
이 된 것도 어머니를 그리워하며 걸었던 날들과 무관하지 않음을
밝힙니다.
  어머님께 이 책을 올립니다.

2012년 여름
김영재 삼가

/ 차례 /

현세와 내세를 넘나드는 가장 오래된 옛길

문경 하늘재

그것이 꿈이었으면 좋았겠다. 사무치는 그리움을 현실에서 이루지 못할지라도 꿈이었으면 좋았겠다. 그렇지만 그것은 꿈이 아니었으니 애를 녹이고 끊는 슬픔이었다. 마의태자가 조국 서라벌을 등지고 삭풍 몰아치는 하늘재를 넘어야 했던 그해(935) 겨울의 비장한 발걸음 말이다.

하늘재(해발 525m)는 경북 문경시 문경읍 관음리에서 충북 충주시 수안보면 미륵리로 넘어가는 옛길이다. 남쪽에서 북쪽으로, 현세에서 미래로, 관음 세계에서 미륵 세계로 넘나드는 의미 깊은 역사의 고갯길이다.

우리의 현존하는 가장 오래된 역사책 『삼국사기』 「신라본기」에 "아달라이사금 3년 하4월 개계립령로(阿達羅尼師今 三年 夏四月 開鷄立嶺路)"라 기록돼 있다. 신라 아달라이사금 3년(156) 4월에 계립령길을 열었다는 것이다. 계립령이 바로 하늘재. 하늘재는 길에 대한 최초의 기록이며 따라서 기록으로 남겨진 가장 오래된 우리의 옛길인 셈이다.

　한반도의 등뼈인 백두대간이 지리산 천왕봉에서 북진을 서둘러 백두로 내달리다가 만난 첫 고개가 또 하늘재다. 신라가 고개를 처음 열어 가장 오랜 세월을 간직한 계립령은 삼국시대의 군사·정치의 요충지였다. 여러 의미에서 신라와 고구려의 소통의 중요 장소였지만 그만큼 두 나라의 다툼이 치열한 장소이기도 했다. 하늘재에는 전운이 떠나지 않았다. 신라로서는 계립령이 절대적으로 필요한 진출로였다. 북진을 위해서 육로와 물길을 잇는 최적의 여건을 갖추고 있었기 때문이다. 하늘재를 넘어 충주의 송계계곡을 통과하면 지금의 충주호가 펼쳐지는 남한강에 당도한다. 남

한강의 강줄기가 어디로 흐르는가. 서해로 흐르지 않는가. 물길을 따라 서해로 간다면 중국과 교류할 수 있는 직항로를 확보하게 되는 것이다.

그러나 역사는 신라가 계립령을 독차지하게 그냥 바라만 보지 않았다. 사연 많고 다툼이 많았던 계립령을 마의태자가 망국의 한을 품고 넘었으니, 백두대간을 쓸고 가는 모진 겨울바람인들 울음을 참을 수 있었겠는가. 고려의 왕건에게 나라를 빼앗기고 금강산으로 향한 마의태자가 내일의 고국 재건 의지를 굳게 다지며 현세의 관음리에서 미래의 미륵리 땅을 밟은 것이다. 그게 꿈이었어도 꾸지 말았어야 할 천추의 한이었겠건만 받아들일 수밖에 없는 현실이었으니 길은 옛날 그대로인데 사람의 일이란 마른 떡갈나무 잎을 흔들고 가는 바람 같은 존재였을까.

하늘재 정상에서 갈리는 포장 길과 비포장 길

서울에서 하늘재를 찾아가는 코스는 충주 수안보 방향으로 접근해 미륵리 주차장으로 가는 길이 거리도 가깝고 수월하다. 그러나 나는 굳이 그쪽을 사양하고 문경을 거쳐 관음리를 들머리로 잡았다. 삼한사온이 옛일인 듯 사라지고 맹추위가 연일 기세를 부리던 12월 영하의 날씨였다.

택일이 잘못된 것일까. 추운 것 빼고는 그런 것 같지도 않다. 겨울 햇살은 맑고 투명했다. 하늘은 푸른 물감을 부어놓은 듯 진

한 군청색이었다. 2차선 포장도로는 하늘재 정상까지 고도를 조금씩 높이면서 이어졌다. 길 양옆은 사과밭이다. 명성 높은 문경 사과밭. 야트막한 사과나무 가지에 버려진 듯 따지 않은 사과 몇 알이 불그죽죽 언 얼굴을 바람에게 내주고 있었다. 길 오른쪽은 포암마을과 문막마을을 품고 있는 포암산이 백두대간 마루금답게 위풍이 사뭇 당당하다. 속창 베바우산이다. 베(布)를 넓게 펼쳐놓은 것처럼 암벽이 펼쳐져 있어 포암이란 이름을 얻은 산이다. 마골산(麻骨山), 계립산(鷄立山)이라 부르기도 한다. 해서 신라가 고개를 열 때 계립령이란 이름으로 서쪽의 탄항산과 동쪽의 포암산 사이로 고갯길을 냈나 보다. 문경 시내에서 관음리로 달려보면 그곳이 도자기 옹기의 고장임을 알 수 있다. 국도변에 문경요 등 도자기 굽는 곳이 즐비하다. 관음리 중점마을은 조선시대 옹기 마을로 유명하다. 그 당시 사용했던 가마도 있다.

2001년 도로를 포장하고 문경시가 세운 계립령 유허비가 있는 하늘재 정상으로 가다 보면 시인의 시 창작실도 있고 한적하게 하늘빛을 배경 삼아 산마을 마당을 지키는 산수유 붉은 열매도 만나게 된다. 하늘재를 찾는 길손에게 덤으로 안겨주는 선물이다. 하늘재 정상. 나는 관음 세계에서 미륵 세계로 발을 내딛는다. 포장되지 않은 흙과 돌로 이루어진 길 위에 섰다. 걷는 자만이 자유를 얻을 수 있는 옛길을 걷는 거다. 금강송은 아니지만 키가 훤칠한 소나무들이 길을 내주며 솔향을 뿜어준다. 소나무가 드문드문 자리를 비운 곳에는 떡갈나무, 신갈나무, 박달나무, 단풍나무가 반겨준다.

제철에 왔으면 물봉선, 구절초, 단풍취, 박주가리 등 예쁜 이름의 야생화도 만날 수 있었을 텐데 한겨울이라 아쉬움으로 남는다. 1~2급수에서 사는 버들치, 강도래, 날도래, 옆새우, 갈겨니 등 물속 생물도 한겨울이라 만날 수 없다.

얼음 사이로 흐르는 맑은 물소리에 섞여 작은 산자락을 넘어 독경 소리가 들려온다. 중원 미륵사지(사적 제317호)가 가까워지고 있다.

내가 걷는 이 길의 이름은 시대에 따라 바뀌었다. 이름이 바뀌면 운명도 달라진다 했던가. 신라는 계립령, 고구려는 계립현, 마목현, 지름재, 지릅재. 지릅은 마골(麻骨). 대마(大麻)의 뼈, 껍질을 벗겨낸 하얀 나무를 지릅대(麻骨)라 하니 포암산의 옛 산명(山名) 마골산(麻骨山)에서 유래했으리라 유추해본다. 고려는 대원령이었다. 미륵사의 옛 이름이 대원사로 추정되는 근거는 미륵사지에서 출토된 기와에 '대원사주지'라 새겨진 글씨가 나왔기 때문이다. 현재 미륵사지 곁에는 고려 초 주막과 휴식 공간, 나그네 숙소와 관리인이 기거했던 건물터인 〈미륵 대원터〉가 발굴되어 보존되고 있다. 고려조까지는 계립령이 교통의 요지였던 것이다.

북향으로 서 있는 유일한 미륵석불

그렇다면 계립령은 언제부터 역사의 뒷줄로 나앉게 되었을까. 조선조 태종 14년(1414) 조령로(문경새재)의 등장으로 계립령로의 역할을 조령로가 인수하면서부터였다. 조령로가 관의 길이었고 양반이나 관리의 고갯길이었다면 계립령은 방물장수 · 봇짐장

수·옹기장이들이 넘었던 민초들의 길로 변했다. 156년 맨 처음 길이 열린 이후 시대에 따라 길 이름도 바뀌고 역할도 변한 것이다. 세월이 흘러 2000년대로 접어들어 하늘재는 또다시 역사의 전면에 나서 사랑을 받기 시작했다. 하늘재 옛길 못지않게 관심의 대상이 된 보물 제96호 미륵석불입상은 애틋한 사연을 간직한 채 오늘도 묵묵히 북쪽을 향해 서 있다. 북쪽을 향해 서 있는 국내 유일한 불상이다. 필시 무슨 곡절이 있을 터, 사람들이 먼저 몸이 달아오른다. 불상의 높이 무려 10.6m. 학자들은 제작 연대를 고려 시대로 잡는다.

나처럼 길이 있으면 걷고 산이 있으면 오르는 나그네에겐 제작 연대나 형식은 대수롭지 않다. 나무, 풀, 바위, 어느 것 할 것 없이 그 사물이 지니고 있는 사연이 궁금해진다. 미륵사지 커다란 암석 위에 직경 1m 되는 둥근 바윗덩이도 그렇다. 온달 장군이 힘자랑하기 위해 가지고 놀았던 공깃돌이었다는 허구, 그 픽션에 마음이 끌리는 건 왜일까. 허구가 안겨주는 진실의 힘, 나는 그 진실을 몹시 사랑하고 믿는다.

벌거숭이로 서 있는 미륵석불은 태어날 때부터 노숙의 신세는 아니었다. 그가 머물던 곳은 경주 석굴암과 더불어 국내 두 개밖에 없는 석굴 사원이었다. 사원 형태가 석굴암은 굴을 파서 조성했다면 미륵사지는 석축을 쌓고 지붕을 만들었는데 언제인가 지붕이 사라져버렸다. 지금 지붕은 없지만 삼면이 자연석으로 조성된 벽면은 그 규모를 짐작게 한다.

나는 다시 천년을 잃어버린 신라 마지막 왕 경순왕의 마의태자

덕주공주 마애불을 향해
북향으로 서 있는 미륵석불

와 덕주공주의 사연으로 돌아간다. 두 오누이는 망국의 한을 품고 금강산으로 가기 위해 하늘재를 넘는 순간, 고려 호족들에게 제지를 당한다. 마의태자는 미륵리에, 덕주공주는 월악산 골짜기 송계 계곡으로 격리된다. 마의태자는 미륵리에서 내세를 다짐한다. 신라 재건이었다. 10년의 세월을 삭히면서 미륵석불입상을 세우며 인고의 날을 보냈다. 월악산의 덕주공주는 마애불(보물 제406호)을

국가 지정 문화재 명승 제49호 하늘재 옛길은 명상의 길이다

암벽에 새기며 내세를 기다렸다. 미륵의 세계, 다시 신라를 세우려는 두 오누이의 한과 그리움이 석불입상과 마애불로, 산이 가로막아 눈으로는 볼 수 없지만 마음의 눈으로 바라볼 수 있도록, 서로 마주보는 방향을 잡은 것이다. 석불입상은 북향으로, 마애불은 남향으로.

태자와 공주에게 내세는 끝내 오지 않았다. 마의태자는 금강산

으로 떠났다. 누이는 덕주사에서 망국의 한을 간직한 채 이승을 떠났다. 덕주사 마애불과 미륵석불입상, 오누이는 천년의 세월을 마주 보며 그리움과 아픔을 위로하고 있다.

과거와 현재, 관음 세계와 미륵 세계가 공존하는 하늘재. 우연도 맞물리면 필연이 된다 했던가. 문경 쪽 하늘재길은 문경시에서 10여 년 전에 포장을 했고, 충주 미륵리길은 옛길 그대로인데, 그 사정은 이러하다.

미륵리 옛길은 월악산국립공원 지역으로 개발 논리에 비해 보존 논리에 힘이 실린 까닭이다. 미륵사지에서 미륵리 주차장으로 길을 잡아 오르면 목을 축이고 배를 불릴 수 있는 먹거리가 기다리고 있다. 그리고 수안보 온천에서 몸을 푼다. 반대로 관음리로 길머리를 향하면 문경에 약산 돼지갈비도 있고 문경 온천도 있다.

미륵리 방향 하늘재 옛길은 2008년 12월 국가지정문화재 명승 제49호로 지정됐다.

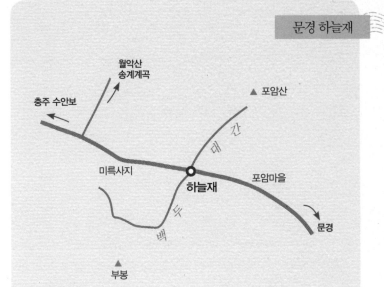

🚗 교통

자가운전으로 중부내륙고속도로를 이용해서 괴산IC로 나와 수안보를 지나 미륵사지로 간다. 문경으로 가서 하늘재로 향하는 코스도 있다.

🏠 숙박

미륵사지 입구의 수안보와 문경에 숙박 시설이 다양하다.

미륵사지 석불

내 그리움 이쯤에서 그만두려 하네

애간장 말리면서 하늘재 넘어왔지

누이는 돌 속에 갇혀 천년의 잠을 자네

절 한 칸 집 한 칸 없이 낯선 땅 노숙이었네

계림의 닭이 울면 누이가 깨어날까

내 사랑 삭풍에 맡기고 헐겁게 가려 하네

오대산 상원사 동종이 넘었던 고갯길

영주 죽령

　청량리역을 출발한 무궁화호 열차는 소백산역(구 희방사역)에 도착하여 잠시 숨을 멈추고 세 명의 승객을 풀어놓았다. 2010년 들어 가장 추웠다는 1월 14일 오전, 영하의 날씨였다. 등산객 한 사람은 소백산 단독 종주를 위해 몸과 마음을 단단히 동여맨 채 저만치 가고 있었다. 열차는 쉬이 출발하지 않았다. 중앙선 철도가 복선이 안 된 탓이었다. 상행선 열차와 교행하기 위해 찬 바람 속에서 겨울 햇살을 쬐며 10여 분을 기다렸다가 상행선 열차가 도착하자 안동 쪽으로 떠났고 나는 소백산역 앞길에 세워진 죽령 옛길 안내판 앞에 섰다. 소백산역(추억의 여행객에겐 희방사역이 더 친숙하겠지만)은 상하행선 무궁화호가 하루에 딱 두 번 멈췄다 떠나는 아름다운 역이다. 새롭게 단장해 예쁜 그림 같은 모습이다.

　"장장 2천 년 세월에 걸쳐 우리나라 동남 지역 교통 대동맥의 한 토막이었던 죽령(竹嶺)은 근대 교통의 발달로 행객이 끊겨 수십 년 숲 덩굴에 묻혀 있던바, 옛 자취를 되살려 보존하는 뜻에서 길

을 열었다"라고 영주시장·국립공원관리공단 소백산 사무소장이
전하고 있다.

소백산역을 뒤로하고 중앙고속도로의 거대한 교각 밑으로 이어
진 포장도로를 따라 걷는다. 산속 다리 위를 시속 100km 이상으
로 질주하는 차들의 굉음이 교량을 흔들면서, 몰아치는 찬 바람과
함께 몸을 움츠러들게 한다. 고속도로 교각 아래까지 철길을 왼편
에 끼고 걷다가 곧 헤어진다. 철길은 터널 속으로, 옛길은 언덕을
넘어 휘어지면서 양지에 세워진 장승들의 인사를 받고 사과나무
사이로 이어진다. 억새들이 매서운 골바람에 사정없이 흔들리며
역광으로 빛난다. 멀리 그늘진 산자락을 배경으로 억새의 춤추는
몸짓이 선명하고 아름답다.

영주 죽령

   잎을 떨구고 매끄러운 가지로 결기를 지킨 사과나무 아래 눈
이 부시도록 순백의 눈이 쌓여 있다. 맑은 겨울 햇살에 조금씩 녹
고 있는지 알갱이들이 작은 물방울이 되어 잘게 잘게 보석처럼 빛
난다. 내가 딛고 걸어가는 발자국 아래서 뽀드득뽀드득 눈 밟히는
소리가 경쾌하게 들린다. 추위는 아랑곳없고 기분이 좋아진다. 아
무도 없는 빈산, 옛길에서 내가 주인이다. 카메라의 셔터를 누르
고 내 오른손은 재빠르게 나의 뜨거워진 속살을 문질러 손을 녹인
다. 눈에만 담기에는 아까운 풍경들이 이어지면 손마디가 얼얼하

다 못해 무감각하도록 얼어가는 손가락으로 셔터를 누르고 또 누른다. 한 컷도 놓치고 싶지 않아서다. 흰 눈과 짙푸른 겨울 하늘이 나를 빨아들인다. 장엄한 소백산의 정기가 정신을 투명하게 긴장시킨다. 그렇지만 안쓰러운 나의 오른손이여, 장갑을 껴도 손끝이 얼얼할 지경인데 벌거숭이 손이라니.

한양으로 가는 대로(大路)였던 죽령길

죽령은 문경새재, 추풍령과 함께 영남에서 한양으로 가는 조선시대 3대 관문 중 하나였다. 그중에서도 나이로 보나 높이로 보나 맏형 격이다.

"신라 8대 아달라왕 5년(158) 3월에 비로소 죽령길이 열리다"라고 『삼국사기』에 기록이 있고 『동국여지승람』에는 "아달라왕 5년에 신라의 죽죽(竹竹)이 죽령길을 열고 지쳐 순사했다. 죽령마루에는 죽죽을 제사하는 사당이 있다"라고 쓰여 있다. 문경과 충주를 잇는 하늘재가 열린 지 2년 후의 대역사였다.

신라의 죽죽이 죽령길을 개척하고 지쳐 순사했다는 기록의 신빙성은 죽령 정상을 밟으면 충분히 짐작이 간다. 고갯길이란 산과 산이 겹치면서 고도가 낮은 곳에 뚫리는 길이다. 그런데 죽령의 높이가 얼마인가. 해발 689m다. 웬만한 산의 높이다. 도솔봉(1314m)과 제2연화봉(1394m)이란 거대한 두 봉 사이에 위치해 있다. 죽령 정상에서 바라보면 풍기 읍내가 한눈에 내려다보인다.

눈 덮인 사과나무 과수원을 지나면 옛 자취가 아련하게 남아 있는 오솔길에 눈이 쌓여 있고, 사람의 발길에 눈이 헤쳐져 낙엽들이 드러나 길손을 반긴다. 조선조 때만 해도 큰길이었을 이 길은 1934년경 5번 국도가 개통되고 1940년 중앙선 철도가 놓이면서 차차 잊힌 길이 되어, 그 폭이 좁아진 곳도 있고 길 복판에 나무가 자라 숲을 이룬 곳도 있다.

예나 지금이나 사람의 왕래가 잦은 곳에 주점이 있고 숙식을 할 수 있는 객점이 들어서기 마련이다. 소백산역에서 옛길을 따라 죽령까지의 거리는 2.5km다. 이 짧은 구간에 주막거리가 네 곳이 있었다니 그 길의 번성함이 느껴진다. 경상도 동북 지방의 여러 고을이 한양을 왕래하려면 죽령을 넘어야 했다. 청운의 뜻을 품고 과거를 보러 가는 선비, 공무를 띤 관원들, 온갖 물산을 유통하는 장사꾼 등으로 계절에 관계없이 번잡했던 죽령 길에는 길손들의 숙식은 물론 마방도 필수였다. 술집, 떡집, 짚신 가게, 먹고 자는 객점 등이 늘어나면서 주막거리라는 타운이 형성된 것이다.

네 곳의 주막거리 중 가장 큰 곳은 소백산역이 위치한 마을 입구의 무쇠다리 주막거리였고, 그와 비슷한 규모는 죽령마루 주막거리, 그다음이 느티정 주막거리, 마지막이 '주점'이라는 주막거리였다. 이중 느티정은 오랜 세월이 지난 탓인지 옛길을 오르는 도중에 안내판이 세워져 있을 뿐 별다른 흔적은 없었다. 으름덩굴이 무성할 뿐이다. 한참을 오르다 만난 주점 주막거리는 당시 규모가 가장 작았다고 하지만 주막이 있었던 흔적이 뚜렷하다. 집이 들어섰던 돌담이 세월의 흐름을 무색하게 할 정도로 잘 보존돼 있

주막거리 돌담

다. 죽령이 이렇듯 번성함을 누렸을 시기는 조선조였을 터, 그 이전으로 거슬러 가면 신라와 고구려가 뺏고 빼앗기는 싸움터였다.

죽령은 삼국시대 때 한동안 고구려의 국경 지역이었다. 장수왕 말년(470년경)에 고구려가 죽령을 접수해버린 것이다. 신라는 절치부심 밀고 당겼지만 좀처럼 죽령을 다시 빼앗지는 못했다. 드디어 영토 회복의 때가 왔다. 진흥왕 12년, 서기 551년이었다. 왕은 거칠부 등 여덟 명의 장수에게 명하여 백제와 연합하여 고구려를 공략했다. 전쟁은 신라의 승리였다. 죽령 이북의 한강 유역 고을 열 곳을 탈취했다. 그 후 또 40년이 지났다. 고구려 영양왕 1년(590) 온달 장군이 왕께 자청하여 군사를 이끌고 신라를 향해 떠나면서 "죽령 이북의 잃은 땅을 회복하지 못하면 돌아오지 않겠다"라며

전의를 불태웠다는 『삼국사기』의 기록으로 볼 때 당시 죽령이 두 나라 사이에 막중한 요충지였음이 분명하다. 온달 장군이 축성했다는 성은 죽령을 넘어 충북 단양군 영춘면 하리에 남아 있다. 사적 제264호. 석축 산성으로 둘레는 683m다. 온달성은 신라와 고구려가 남한강을 사이에 두고 대치했음을 짐작게 한다.

향가 「모죽지랑가」와 죽령의 기연(奇緣)

신라가 삼국 통일의 꿈을 펼쳐갈 무렵 신라 신하 술종이 삭주도 독사(강원도 영서 지방 장관)로 임명받아 임지로 가기 위해 죽지령(竹旨嶺, 죽령의 옛 이름)을 넘다가 한 거사를 만났다. 두 사람은 이야기를 나누었고 뜻과 마음이 통했다. 둘은 헤어졌고 술종은 임지에 부임해 한 달쯤 지난 어느 날 밤 꿈을 꾸었다. 죽지령에서 만난 거사가 자기 집 방 안으로 들어오는 꿈이었다. 그날 부인도 같은 꿈을 꾸었다. 술종은 이상히 여겨 사람을 보내 거사의 안부를 물었는데 술종이 꿈을 꾸던 날 거사가 죽었다는 전갈이었다.

그 무렵 부인에게 태기가 있었고, 아들이 태어났다. "거사가 아마 우리 집에 태어나려는가 보다"라고 여기고 아들의 이름을 죽지(竹旨)라 지었다. 죽지는 자라 화랑이 되었고 이후 재상이 되어 진덕 · 무열 · 문무 · 신문왕 4대 왕에 걸쳐 신라의 안정에 크게 기여했다. 재상 죽지의 도움으로 죽음을 면한 득오곡(得烏谷)이 지은 「모죽지랑가」는 몇 남아 있지 않은 향가로 오늘에 이르고 있다.

죽령은 오랜 세월만큼 사연과 일화가 많다. 풍기 군수로 있던 퇴계 이황이 충청 감사로 떠나면서 형님과 이별을 나누던 곳도 죽령이다. 도솔봉의 동자삼이 사람 행세를 하면서 다녔다는 이야기, 산이 높고 골이 깊어 활개 치고 노략질하던 산적들을 '다자구 할머니'의 용기와 꾀로 잡았다는 이야기 등 숱한 사연들이 전해지고 있다. 가장 오래된 상원사 동종, 세상에서 가장 아름다운 종소리를 낸다는 상원사 동종이 죽령을 넘을 때의 이야기는 어떠한가. 종은 신비로운 일화들을 남기고 죽령을 넘었다.

조선 예종 1년(1469) 안동에서 오대산 상원사로 동종을 운반하던 수레가 죽령을 넘어가는데 정상에서 멈춰 서서 꿈쩍하지 않았다. 군졸 5백 명과 말 백 필이 함께 밀고 끌어도 움직이질 않았다. 운반 책임자 운종도감이 마을 노인에게 곡절을 물었다. 노인이 답했다. 8백 년을 죽령 남쪽에 있었는데, 이제 고개를 넘으면 다시 올 수 없는 것을 종이 알고 그러는 것 아니겠느냐고. 노인이 이르기를 종의 유두 한 개를 떼어 종이 걸려 있던 안동 남문 누각 아래에 묻으라는 것이다. 운종도감은 노인이 시키는 대로 시행했다. 종은 죽령을 넘었고, 오대산이 품고 있는 상원사에 걸리게 되었다. 상원사 동종은 지금도 서른여섯 개의 유두 중 한 개가 없다고 한다.

죽령 정상에 오르면 경북 영주시 풍기읍 수철리에서 충북 단양군 대강면 용부원리 갈림길에 서게 된다. 가파른 계단 위에 눈이 쌓여 미끄럽다. 급하게 솟는 비탈길에도 발끝이 간질간질 미끄러진다. 계단을 차고 오르니 느티나무 한 그루가 서 있고 길 건너에

죽령 주막의 장독대

죽령 주막이 처마에 고드름을 달고 썰렁하게 고갯마루를 지키고 있다. 주인은 주막 문에 큰 자물통을 채워놓고 출타 중이다. 이 영하의 날씨에 바람 속 눈길을 헤치고 누가 찾아올까 싶어서였을까. 눈을 이고 있는 장독대의 항아리들이 햇빛을 받아 예쁘다. 무청도 정성스레 엮어 처마 아래 매달아놓았다. 어른 키만큼 우뚝 세워둔 백두대간 표지석이 반갑다. 저 마루금을 타면 연화봉을 지나 비로봉, 국망봉을 내달려 태백까지 단숨에 갈 것 같다. 하늘은 더욱 파래졌다. 죽령 주막에 들러 동동주 한 잔에 목을 축이고 바람 소리와 잠시 노닐다 가려 했건만 오던 길로 다시 발길을 돌린다. 단양쪽은 옛길 맛이 사라졌으므로 희방사역, 아니 소백산역으로 눈길을 헤치며 급히 내려간다.

영주 죽령

단양
죽령고개
죽령주막
소백산 비로봉
자동차 길
옛주막거리터
소백산역
옛길
영주

🚗 **교통**

기차를 이용하는 편이 좋다. 청량리역에서 중앙선을 타고 소백산역에서
하차하면 곧바로 죽령 옛길을 걸을 수 있다. 자가운전은 중앙고속도로를
이용하여 풍기IC로 나와 5번 국도를 달린다.

🏠 **숙박**

풍기읍이나 영주에 숙박 시설이 여럿 있다.

죽령 옛길

고난 없이 사랑한들 무엇이 그립겠느냐

바람 치고 눈 쌓인 죽령 옛길 매운 날

널 찾아 길을 걸었다
하늘이 파랗도록

한 번의 생이란 것
이리도 황홀하라

폭설이 그친 날은 마른 풀도 키를 세워

눈 덮인 시간을 돌아
그대가 올 것 같은

고인돌과 선운사를 잇는 백 리 길

고창 질마재

'신화가 있는 질마재길'이라 적힌 리본이 나뭇가지에 매달려 나
풀거리고 있었다. 철 늦은 겨울 햇살이 길손을 안내한다. 길은 걷
지 않으면 사라질 터. 전북 고창군이 이미 지워졌거나 희미하게
남아 있는 토막길을 잇고 복원해 43.7km 백 리 길을 만들어놓았
다. 이름하여 '고인돌과 질마재 따라 100리 길'이다. 길이란 시작
과 끝이 딱히 구분되는 건 아니지만 편의상 네 구간으로 나눠 각
각 이름을 지어 불러주고 있었다.

제1코스는 한반도 오랜 역사의 흔적이 남아 있는 세계문화유산
의 '고인돌길'이다. 고인돌길에 들어서자 능청스러운 시 한 편이
떠올라 미소가 번진다.

붉은
고추를 먹은
잠자리 한 마리가

억년 고인돌에 슬그머니 앉는 찰나

바위가 우지끈, 하고

부서질 듯

환한,

고요

— 이종문, 「고요」

    고인돌박물관에서 출발하여 서낭재와 오베이골, 운곡서원을 지나 원평까지 이어지는 8.8km의 옛길이다. 세계문화유산으로 등록된 고인돌군과 오베이골 울창한 숲길을 따라 펼쳐지는 호젓한 흙길과 산을 넘어 다니던 옛사람들이 안녕을 빌었다는 서낭재, 자연이 선물하는 또 다른 놀라움, 자연 습지까지 색다른 매력을 뽐내는 옛길이 이어진다. 제2코스는 구불구불 강을 따라 가다 보면 복분자와 풍천장어를 만나는 '인천강 복분자길'이다. 거리는 7.7km. 할매바위, 병바위 등 환상적인 기암절벽과 해마다 찾아오는 다양한 철새가 볼거리다. 먹거리는 풍천장어와 복분자술. 제3코스는 미당 서정주 선생의 시문학관과 생가, 질마재가 있는 '질마재길'이다. 연기마을에서 검단소금전시관까지 14.5km. 제4코스는 도솔암 선운사가 끼어 있는 '보은길'로 좀 생소한 느낌이 온다. 12.7km의 길 내력을 알면 조금은 그렇구나, 하겠지만. 간략한 내력은 이렇다. 선운사 창건 설화에 나오는 검단선사가 절을 세우려는데 그곳(선운사 터)에 도둑의 무리가 있었다. 검단선사는 그들에게 소금 만드는 방법을 알려주어 삶의 터전을 마련해주고 내보냈다. 그런 다음 불사를 했다. 도둑들은 선량한 평민이 되었고 그 보답으로 선운사에 매년 소금을 시주했다는 것. 그 소금이 보은염이며, 소금을 가져오는 길이 보은길이라는 것이다.

옛길 걷기 첫날은 고인돌박물관에서 시작한다. 고인돌 유적지를 왼편에 끼고 오베이골로 가기 위해 매산재를 넘어야 한다. 고개 초입에 '오베이골 가는 길(동양 최대 고인돌) 3.2km'라는 표지목이 서 있다. 오베이골? 걸음을 멈추고 안내목을 카메라에 담으며 생각했다. '오베이'가 무슨 뜻일까? 구불구불 휘어진 길을 걷고, 볼록한 능선을 넘으며 푹 꺼진 습지를 지난다 해도 길을 걷는 일은 내 자신의 밖으로가 아닌 안으로 향하는 일이기에 나는 '오베이골'을 풀어야 했다.

풀리지 않는 우리말 '오베이'를 안고 고개를 향해 오르는데 오베이골 탐방로 안내판이 나타났다. 지형도와 함께 풀이가 나와 있었다. 오베이골은 오방골의 전라도 사투리로 호비골, 호비등, 오방골, 오방동으로 불려지고 있으며 호비골, 호비등은 이곳의 지형이 호랑이 콧등과 같다는 데서 연유되었다는 것. 오방(五方)은 동서남북의 사방과 중앙의 다섯 방위를 뜻하고 있었다. 그러니까 운곡에서 다섯 방향으로 가는 오방골이 오베이골인 셈이다. 쥐겁재(운곡－고인돌박물관), 행정재(운곡－송암), 백운재(운곡－사창), 해암골(운곡－해암), 오베이재(운곡－아산)로 향하는 오거리 골짜기라고 하면 쉽게 설명이 될 것 같다. 지금은 옛날처럼 오거리가 통행의 요지는 아니다. 1981년 운곡댐이 건설되었기 때문이다.

내가 넘어야 할 매산재가 보인다. 서낭재, 쥐겁재라 부르기도

천연기념물 제354호 도솔암 장사송

하는 이 고개는 운곡마을에서 닥나무를 재배해 한지로 뜨거나 닥나무 껍질을 벗겨 고창읍에 팔러 넘나든 고개다. 서낭재는 주민의 안녕을 빈다는 의미에서 쉽게 이해가 되지만 쥐겁재는 이해 불능이다. 서울에 돌아와 '쥐겁재'를 검색해봤더니 김정희(시인·광주서구문화원 사무국장) 님의 설명이 있었다. 옮겨본다.

"이 재를 마을 사람들은 쥐겁재라 부르는데 고인돌박물관이 있는 터가 넓은 평야였음을 생각하면 이 부근에 쥐들이 엄청나게 서식했을 터이고, 이 재를 넘는 사람들의 발자국 소리에 쥐들이 겁을 먹었다고 해서 붙여진 이름이라고 한다."

미당 서정주의 고향 마을 질마재

바닷물이 넘쳐서 개울을 타고 올라와서 삼대 울타리 틈으로 새어 옥
수수밭 속을 지나서 마당에 흥건히 고이는 날이 우리 외할머니네 집에
는 있었습니다. 이런 날 나는 망둥이 새우 새끼를 거기서 찾노라고 이
빨 속까지 너무나 기쁜 종달새 새끼 소리가 다 되어 알발로 껄껄거리

며 쫓아다녔습니다만, 항시 누에가 실을 뽑듯이 나만 보면 옛날이야기
만 무진장 하시던 외할머니는, 이때에는 웬일인지 한마디도 말을 않고
벌써 많이 늙은 얼굴이 엷은 노을빛처럼 불그레해져 바다 쪽만 멍하니
넘어다보고 서 있었습니다.

그때에는 왜 그러시는지 나는 아직 미처 몰랐습니다만, 그분이 돌
아가신 인제는 그 이유를 간신히 알긴 알 것 같습니다. 우리 외할아버
지는 배를 타고 먼 바다로 고기잡이 다니시던 어부로, 내가 생기기 전
어느 해 겨울의 모진 바람에 어느 바다에선지 휘말려 빠져버리곤 영영
돌아오지 못한 채로 있는 것이라 하니, 아마 외할머니는 그 남편의 바
닷물이 자기 집 마당에 몰려들어 오는 것을 보고 그렇게 말도 못 하고
얼굴만 붉어져 있었던 것이겠지요.

　　― 서정주, 「해일(海溢)」

1975년 미당 서정주 선생이 회갑을 맞아 낸 제6시집 『질마재 신
화(神話)』에 수록된 시 「해일」 속에 등장하는 '외할머니네 집'은 미
당의 생가에서 조금 떨어진 자동차 길 건너편 바다 쪽에 있었다.
바닷물이 넘치면 개울을 타고 올라온 바닷물이 외할머니 집 마당
에 흥건히 고이고도 남을 정도의 위치였다. 여기가 시와 차와 국
화꽃이 있는 '질마재길'이다. 미당 시문학관, 생가, 질마재가 있는
구간이다. 질마재 오르는 길은 미당의 생가 앞을 지나 넘어간다.

나는 여기서 또 '질마재'의 뜻을 캐물었다. 옛길을 걸으면 그것
으로 즐거울 일이지 지명의 뜻을 꼭 알아야 걷는 맛이 난 것일까.
나는 걸으면서 지명 풀이가 안 되면 걷는 일이 시들해지는 나쁜

버릇이 있으니 어쩌랴. 질마재는 고개 생김새가 길마(짐을 싣거나 수레를 끌기 위해 소나 말 따위의 등에 얹는 안장)를 닮았다 해서 붙여진 고개(재) 이름이다. 구개음화 현상이거나 전라도 방언으로 '길 → 질'로 발음하게 된 것으로 생각된다. '길마재'보다 '질마재'가 훨씬 시적(詩的)이고 서정주적이지 않은가. 질마재에 오르면 멀리 변산 반도가 한눈에 들어와 시적 감흥을 불러일으킨다. 소년 서정주도 질마재를 넘었을 것이고, 시인 서정주도 대처가 그리울 때 이 고 개를 넘었을 것이다. 질마재 사람들이 정읍이나 장성으로 소금을 팔러 이고 지고 넘었던 길이 질마재였다. 미당은 시집 『질마재 신화』 서문에 "질마재는 내가 생겨난 고향 마을의 이름이다. 이 마을의 동쪽에 질마재라는 산이 있어 마을에도 그 이름이 붙게 된 것이다"라고 적었다.

단풍잎이 배접된 도솔암길

나는 이 글을 쓰면서 섣달 그믐밤을 보내고 있다. 자정이 얼마 남지 않았다. 한 해를 보내고 설을 맞이해야 한다. 끝과 시작은 어쩌면 동의어인지 모른다. 길도 마찬가지다. 길은 끝나는 곳에서 다시 시작된다. 벼랑은 끝이지만 날 수 있는 시작점이 아니던가. 우리의 삶 또한 그러하리라. 질마재 걷기 여행도 두 번째 날은 네

구간 끝 지점인 선운산 관광안내소다. 여기에서 시작해보는 거다.

행여 동백꽃을 볼 수 있으려나 해서 잰걸음으로 선운사 대웅전 뒤편 숲으로 가보았다. 예상했던 대로 아직 2월의 초입인지라 동백은 피지 않았다. 유난히 추웠던 지난겨울을 생각하면 터무니없는 기대였다. 선운사 동백은 4월 중순쯤에 피기 시작하여 말까지 절정을 이룬다. 그때의 선운사는 벚꽃 구경과 뒤엉켜 사람의 발길로 넘쳐나 길들이 봄맞이 몸살을 한바탕 겪게 된다. 강진 백련사 가는 길의 동백나무 가로수, 여수 앞바다 오동도의 동백 숲, 2009년 방화로 추정되지만 정확한 원인을 밝히지 못한 채 세월이 흐르고 있는 불타버린 해돋이의 명소 여수 향일암의 동백꽃이 유명하다. 보길도 부용동의 윤고산 별장도 동백꽃의 명소에서 뺄 수 없다. 그렇다 치더라도 선운사 동백나무 숲이 나의 앞 손가락에 꼽히는 것은 동백의 자생지인 북방한계선 상에서 울창한 숲을 이루며 노목의 품격을 자랑하고 있기 때문이다. 5백 년 수령을 자랑하며 꽃은 아직 피지 않았지만 진초록 잎이 늦겨울 추위를 다잡듯 녹여주고 있었다. 선운사에는 천연기념물이 동백 숲 외에 송악과 장사송이 있다. 꽃무릇 군락과 야생 차밭이 더 보태졌으면 하는 바람을 가져본다.

선운사에서 도솔암을 향해 느리게 걸어간다. 초심자라도 도솔천을 따라 걸으면 된다. 걷다 보면 사람 다니는 길과 차 다니는 길 표시가 친절하고 크게 적혀 있다. 웃음을 자아낸다. 너무 당연한 안내문 탓인가, 아니면 차 다니는 길에 사람이 다닐 수 없다는 짐작 때문일까. 그것은 아니다. 차 다니는 길에 사람이 마음대로 다닐 수 있다. 염려 말고 걸으시라. 그러나 사람 다니는 길에 차는 다닐 수 없다. 사람만이 걸을 수 있는 정겨운 오솔길을 어찌 네발 달린 차가 다닐 수 있단 말인가.

얼음이 녹아 조용히 흐르는 도솔천에 비친 나무 그림자는 한 폭의 수채화고 추상화를 연상시킨다. 나뭇잎 다 떨군 겨울나무는 세월의 무늬를 그대로 드러내 보여준다. 기묘하게 불거진 옹이며 풍파를 겪어 비틀어지고 솟구친 가지들의 모양이 허공과 수면 위에 그대로 내비쳐 있는 모습들은 명상에 잠긴 수도승의 사열을 받는 것 같다.

길을 걷다 보면 겨울인데도 진초록이 눈에 잡힌다. 소나무나 전나무, 대나무야 그냥 스칠 수 있지만 유난히 야생 차밭이 눈을 편하게 한다. 그뿐 아니라 무심결에 스칠 수 있는 땅에 엎드려 있는 초록의 기다란 풀잎 줄기들이 발아래 밟힌다. 놀라지 마시라. 꽃무릇이라고도 하고 상사화라고도 부르는 그 잎들이 겨울 동안 잎을 뻗어 꽃을 피울 수 있는 땅을 덥히고 있는 것이다. 잎이 소임을 다하고 사라지면 그 자리에 꽃대를 세워 9월 중순경에 선홍의 꽃을 피워낸다. 잎과 꽃이 살아서는 서로를 볼 수 없다는 꽃무릇 상사화의 생애가 그렇게 펼쳐지고 있다.

선운사 경내를 휘돌고 느릿한 걸음으로 40여 분 걷다 보면 하늘을 향해 쭉 뻗어 있는 소나무 한 그루를 만난다. 천연기념물 제354호 도솔암 장사송이다. 수령 6백 년, 높이 23m. 장사송, 진흥송이라 부른다. 장사송은 이 지역 옛 지명인 장사현에서 유래한 것이며, 진흥송은 진흥왕이 수도했다는 진흥굴 앞에 있어 붙여진 이름이다. 장사송 옆에 진흥굴이 있는데 선운사 창건 설화와 이어진다. 신라 진흥왕이 왕비 도솔과 중애(重愛)공주를 데리고 수도했던 천연 동굴로, 말끔하게 정돈되어 석불을 모셔놓고 예불을 올릴 수 있게 해놨다.

겨울나무들이 쭉쭉 뻗어 있는 한적한 오솔길에는 얼음이 살짝 깔려 있고 내린 눈이 아직 녹지 않은 구간도 있다. 바위와 나무 사이에 눈이 고스란히 남아 있다. 그 위에 단풍잎이 선명하게 배접되어 있다. 빛깔이 바랬는지, 붉은 잎이 덜 물들어 지상으로 하강했는지 짙은 붉은빛은 아니다. 고맙고 반갑다. 지난겨울 눈보라 삭풍 속에서 잘 있었다니. 반가운 눈물인 듯 물기가 잎맥에 번져 있다. 사람이 다니는 산길에는 이렇듯 따스한 사랑이 조용히 기다리고 있다니 나른한 발걸음이 다시 가벼워진다. 서로 말을 섞으며 쉬었다 간다.

도솔암을 지나 칠송대라는 암봉 벼랑 앞에 선다. 높이 40m가 되는 깎아지른 암벽이다. 거기에 새겨진 석가여래상은 높이 13m의 장대한 모습이다. 고려시대 마애불로 추정되며 인자한 모습이 아닌 젊고 패기 있는 모습이다. 머리 위 둘레에 구멍이 여럿 뚫려 있는데 관(冠)이 설치되었던 흔적이다. 가구(架構), 미륵불의 관은 위엄을 상징하고 보호막 역할을 한다. 지금은 그 흔적이 있을 뿐이다. 지난 2월에 찾았을 때는 고창군에서 마애불의 마모를 막기 위해 보호 공사를 하고 있었다. 마애불의 배꼽(명치·심장)에 네모난 구멍을 메운 자국이 있다. 그곳에 갑오농민전쟁의 '석불 비결'이 숨겨져 있었고 농민군 지도자 중 한 사람인 손화중이 비결을

용문굴로 오르는 계단길

꺼내 혁명의 불을 질렀다는 것이다.

이제 마애불을 뒤로하고 더 높은 천마봉으로 올라야 한다. 용이 승천하면서 바위를 뚫고 하늘로 올랐다는 용문굴을 나도 뚫고 올라야 한다. 가파른 길을 올라 낙조대를 넘어 천마봉에 선다. '석불 비결'을 명치에 품었던 석가여래상이 내려다보인다. 조금 미소 짓는다. 조금 전에 만난 인연이라고. 선운산의 주능선이 시원스레 펼쳐진다. 도솔천의 흐름이 속내를 펼쳐 보인다. 슬슬 시장기가 돈다. 바위에 앉아 도시락을 펼치자 손님이 찾아왔다. 한 마리 새였다. 밥알을 던져주었다. 좀 더 가까이 왔다. 함께 나눠 먹는다. 컵라면 면발도 정성껏 놓아준다. 맛있게 쪼아 먹는다. 내가 식사를 마치고 배낭을 꾸리고 나니 새는 보이지 않았다. 새와의 식사, 늦은 점심이었다. 백두대간 종주 때 설악산 마등령에서 다람쥐와 함께 밥을 나눠 먹었던 추억이 아련하다.

석가여래상과 다람쥐와 새와 하늘과 나무와 사람이 하나인 것을. 바람이 살그머니 불어오더니 슬쩍 간다.

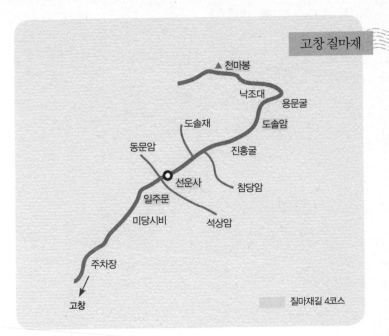

고창 질마재

천마봉

낙조대

용문굴

도솔재

도솔암

동문암

진흥굴

선운사

참당암

일주문

미당시비

석상암

주차장

고창

질마재길 4코스

🚗 교통

서해안고속도로를 이용하여 선운산IC로 나온다. 22번 국도 영광 방면으로 13km 가면 선운사 입구다. 대중교통은 강남고속터미널에서 고창행 고속버스를 이용하여 선운사로 양한다.

🏠 숙박

선운사 입구에 호텔과 모텔이 있다.

밥 친구

늦은 점심 설산(雪山)에서 겨울 밥을 먹는다

박새 한 마리 눈송이보다 가볍게 날아와

밥 몇 알 공양 드시고 인연 따라 떠나신다

새는 간 곳 없다 눈 내려 퍼붓는다

걸어야 할 비탈산 내 삶의 마음 경전

그 밥이 깨우침인 것을, 잠깐의 새와의 식사

동백은 생목으로 떨어져 연지에 뜨고

강진 다산초당

　서울에서 전남 강진까지 고속버스로 다섯 시간을 달려왔다. 낯
선 읍내의 풍경은 추적추적 내리는 봄비 때문인지 썰렁하고 을씨
년스러웠다. 날은 저물고 있었다. 고속버스에서 내렸지만 딱히 갈
곳이 있는 것은 아니었다. 그렇다고 갈 곳이 없는 것도 아니었다.
막막할 것도 없는데 막막했다. 대합실 처마 아래서 조곤조곤 내리
는 찬비를 바라보며 담배를 꺼내 물었다. 담배 연기는 나 혼자 두
고 어디론지 설렁설렁 사라져버린다. 그걸 눈치챈 듯 빗줄기가 조
금 거세게 기승을 부린다. 우쭐 빗줄기 굵어지는 소리 높아진다.
읍내의 간판들은 불을 켜고, 달리는 차량들도 전조등을 밝힌다.
어둠이 읍내를 감싸기 시작한다.

　나 또한 그렇게 낯선 강진에서 어둠을 맞이해야 했다. 오늘 여
행 스케줄이 어긋나는 순간이었다. 천일각에서 바라보는 강진만
의 노을을 찍기 위해 서울에서 늦게 출발해 석양 무렵 시간으로
계산했는데 예상하지 못한 비가 내린 탓에 그 계획은 구겨지고 말

았다. 정약용도 그해(1801) 11월 23일 남도의 끝자락 강진에 도착하여 18년의 유배 생활을 막막하게 시작했을 것이다.

주모는커녕 터미널 근처 허름한 밥집에 빗물을 털고 들어가 이른 저녁밥을 챙겨 먹으며 소주 한 병을 독작했다. 술기운 탓인지 밤비 내리는 소리가 처량 맞다. 나도 빗소리를 닮아 처량해진다. 이렇게 '정약용 남도 유배 길'인 다산초당 옛길을 찾아가는 여정의 첫날이 저물어갔다.

다음 날 새벽 6시에 맞춰둔 휴대폰 모닝콜은 무용지물이었다. 모닝콜이 울리기 전에 나는 잠을 깼고, 배낭을 챙겨 숙소를 나섰다. 밤 동안 내린 빗줄기가 그치길 바라면서 새벽 일찍 하늘을 봐야 했다. 비는 내리지 않았지만 쾌청한 날씨는 아니었다.

초당이 웬 기와집?

다산초당을 오르는 옛길 진입로는 큰 도로에서 두 곳이다. 귤동 마을로 들어서 민박촌에 이르는 길과, 다산유물전시관 주차장에서 두충나무가 늘어선 사잇길을 지나 남도의 붉은 황토 언덕을 넘어 민박촌에 이르는 코스다. 더 이상 차량이 통행할 수 없는 산길 입구에는 '정다산 유적' 안내판이 기다린다.

"강진은 조선 후기 실학자인 다산 정약용이 유배되어 18년간 머문 곳이다. 그중 가장 오랜 기간(11년) 머물며 후진 양성과 실학을 집대성한 성지가 바로 이곳 다산초당이다. 그를 아끼던 정조가

세상을 떠난 후인 1801년(순조 원년) 신유박해에 뒤이은 황사영 백
서사건에 연루되어 강진으로 유배된 다산은 사의재, 고성사 보은
산방 등을 거쳐 1808년에 외가(해남 윤씨)에서 마련해준 이곳으로
거처를 옮겼다. 유배가 풀리던 1818년까지 다산은 이곳에 머물며
제자를 가르치고 글 읽기와 집필에 몰두하여 『목민심서』『경세유
표』『흠흠신서』등 6백여 권의 저서를 남겼다."

정약용은 이곳 귤동마을 뒷산인 다산의 초가에서 11년을 보냈
는데 다산에 안착하기 전까지 강진읍에서 8년 동안 네 번 거처를
옮겨다녔다. 신유년(1801) 겨울 강진에 도착했지만 누구 하나 그
의 거처를 허락하는 사람이 없었다. 정치범이었던 귀양객을 모두
피했다. 당시 유배되었을 때 관의 허가를 받아야 주민들과 대화할
수 있었고 밥도 스스로 지어 먹을 수 있었다.

"처음 왔을 때 백성들이 모두 겁을 먹고 문을 부수고 담을 무너
뜨리고 달아나며 편안히 만나는 것을 허락하지 않았다"라는 대목
이 『다산신계』에 나온다. 이러한 정약용에게 밥과 술을 파는 주막
의 노파가 당차게 거처를 마련해주었다. 당시는 유배자에게 유배
지만 정해주고 '살 곳은 알아서 하라'던 때였다. 다산은 몸 하나
의지할 거처를 얻었지만 기약 없는 유배 생활의 나날을 술로 보냈
다. 이를 보다 못한 주모가 팔을 걷고 나섰다. 요즘 말로 하자면
"배울 만큼 배운 사람이 술타령으로 허송세월을 보낼 것이냐. 정
신 차리고 제자를 가르치든지 해라"였다. 정약용은 대오각성, '네
가지를 올바르게 하는 이가 거처하는 집'이란 뜻을 담아 당호를
'사의제(四宜齋)'라 짓고 이듬해 가을부터 후학을 가르쳤다. 그리하

여 강진읍 6제자, 다산초당 18제자 등을 문하에 두었다. 사의(四宜)란 생각을 맑게 하되 더욱 맑게, 용모를 단정히 하되 더욱 단정히, 말(언어)을 적게 하되 더욱 적게, 행동을 무겁게 하되 더욱 무겁게 등이다.

주막에서 4년(1801~1805)을 보낸 다산은 백련사 주지 혜장법사의 권유로 보은산방(보은산 고성사)에서 기식했고 다음 해(1806) 제자 이학래 집으로 이사한다. 그 후 1808년 강진읍을 벗어나 귤동 마을 만덕산 자락 다산(茶山)으로 옮겨 1816년 해배 때까지 지냈다. 다산초당은 정약용의 외가 쪽인 처사 윤단의 산정(山亭)이었다.

다산초당으로 오르는 옛길은 정돈이 잘되어 있었지만 숲 속은 어둡고 침침했다. 아무도 없는 텅 빈 공간에 안개가 깔렸고 이른 아침 숲에서 들려오는 새들의 울음소리와 퍼덕거림이 섬뜩한 무서움을 느끼게 했다. 너무 일찍 길을 나선 것인가. 오솔길을 들어서자 적송(赤松) 숲이 하늘을 찌르고 대나무 숲이 이어진다. 침엽수가 하늘을 덮고 있어 한낮이라도 서늘한 기운이 감도는 분위기다. 오래된 나무들은 제멋대로 뒤틀린 모습들이고 거칠고 앙상한 나무뿌리들이 길 위에 드러나 발목을 잡는다. 삐쭉삐쭉한 바위들이 가파른 오름길을 뒤덮고 있다.

어둑한 대나무 숲 사이로 92개의 돌계단이 기다리고 있다. 그 근방 평지에 묘가 있는데 그 앞에 서 있는 두 개의 동자석이 귀엽다. 표정이 밝고 익살스럽다. 사람 모습으로 서 있으니 반가움이 앞선다. 다산의 제자 윤종진의 묘다. 윤종진은 정약용에게 이곳 다산에 거처를 마련해준 윤단의 손자이며 외가 쪽 친척이다. 급하게 오르는 돌계단을 올라서자 다산초당이 모습을 드러낸다. 그런데 어라? 초당이 아닌 기와집이다. 원래는 초가였는데 1957년 강진 다산유적보존회에서 무너져 폐가가 된 집을 치우고 정면 3칸, 측면 1칸의 기와집으로 복원해 오늘에 이르고 있다. 조만간 짚을 덮은 본래의 초당으로 복원될 예정이라 한다. 현판은 추사 김정희의 친필을 집자해서 모각했다.

　다산초당 외에 두 채의 집이 더 있다. 초당의 툇마루에 앉아서 오른쪽이 서암으로, 윤종기 등 18인의 제자가 기거했던 곳이다. 차와 벗하며 밤늦도록 학문을 탐구한다는 뜻으로 다성각(茶星閣)이라고도 하며, 1808년 지어져 잡초 속에 흔적만 남아 있던 것을 1975년 강진군에서 다시 세웠다. 왼쪽에 있는 동암은 송풍루라고도 불리는데, 다산이 저술에 필요한 2천여 권의 책을 갖추고 기거하며 손님을 맞았던 곳이다. 다산은 초당에 있는 동안 대부분의 시간을 이곳에 머물며 집필에 몰두했으며, 목민관이 지녀야 할 정신과 실천 방법을 적은 『목민심서』는 이곳에서 완성했다. 1976년 서암과 함께 다시 세웠는데 현판 중 '보정산방(寶丁山房)'은 추사의 친필을 모각한 것이고 '다산동암(茶山東庵)'은 다산의 글씨를 집자한 것이다.

정석(丁石) · 연지석가산 · 천일각

동백 숲과 잡목, 대나무 숲에 에워싸인 다산초당은 나무가 내뿜는 향기와 그늘에 가려 계절 없이 서늘한 기운이 감돈다. 옛길을 걷는 맛도 의미가 있겠지만 유배 시절 다산의 손길이 그대로 느껴지는 네 곳을 둘러본다. 초당, 동암, 서암은 후대에 복원한 건축물이지만 다산의 손길이 묻어 있는 것들 중 네 곳, 다산 4경은 옛날 그대로다.

정석(丁石). 유배를 마치고 고향으로 돌아가기 직전 초당 서편 석벽에 다산이 직접 새겼다는 '丁石'이란 두 글자. 아무런 수식도 없이 자신의 성인 丁 자와 石 자만 직벽에 새긴 것으로 다산의 군

더더기 없는 성품을 보여주고 있다. 바위에 새긴 글자는 크고 깊다. 다산 1경이다. 2경은 초당 뒤편에 있는 샘 약천이다. 다산이 직접 수맥을 잡아 만들었으며 가뭄에도 마르지 않고 항상 맑은 약수가 솟아 나오고 있으며 "담을 삭이고 묵은 병을 낫게 한다"라는 기록이 있다. 지금은 음수 불가. 3경은 마당에 있는 둥글고 평평한 바위인 다조. "차를 끓이는 부뚜막"이라고 다산기념관 측은 소개하지만 상식적으로 어떻게 바위에 차를 끓이겠는가. 찻잎을 따

다산초당

백련사

다가 바위 밑에 약한 불을 지피고 덖을 때 사용했던 것으로 추정
된다. 무쇠솥이 아닌 자연석을 이용했던 것 같다. 나의 소견이다.
4경은 초당 옆에 있는 연못 연지석가산이다. 무진년(1808) 봄 다산
으로 거처를 옮긴 정약용은 축대를 쌓고 연못을 파기도 하고 꽃나

무를 심고 산속 물을 나무 홈통으로 끌어들여 연못으로 떨어지게 하여 비류폭포라 이름하였다. 연못 가운데에는 바닷가에서 돌을 가져다 쌓아 조그마한 봉을 만들어 낙가산이라 이름했다. 연못에 잉어를 키웠는데 유배 생활에서 풀려난 후 제자들에게 보낸 서신에서 잉어의 안부를 물을 만큼 귀하게 여겼다. 다산은 잉어를 보고 날씨를 알아냈다고 한다.

다산초당에서 너무 놀았다. 동암 앞을 지나 열 발짝가량 산길을 오르자 조망이 확 트인다. 강진만이 펼쳐진다. 나는 안개 속에서 느낌으로 구강포를 보고 다산처럼 그의 형 정약전의 유배지 흑산도를 그려본다. 바다가 펼쳐 보이는 산언덕, 다산이 답답한 심경을 달래며 서 있었던 자리에 정자가 서 있다. '하늘 끝 한 모퉁이'라는 천애일각(天涯一閣)을 줄인 천일각이다. 다산 유배 시절에는 없었다. 다산이 정조대왕과 흑산도 유배 중인 형 정약전이 그리울 때면 이 언덕에 올라서서 쓰린 마음을 달랬을 언덕에 1975년 강진군에서 세워놓았다. 맑은 날에는 흑산도가 보일 정도로 전망이 좋은 곳이다.

백련사 가는 길

천일각을 뒤로하고 백련사로 길을 잡았다. 다산이 유배 생활 동안 벗이자 스승이요, 제자였던 혜장선사와 오고 갔던 통로인 오솔길을 걷는다. 다산이 걸었던 옛길은 귤동마을 뒤 산길로 접어들면서부터 어른 허리춤 높이의 대나무로 울타리가 둘려 있다. 바닥은 붉은 황토요, 갈색 낙엽들이 어제 내린 비에 젖어 아직 축축하다. 조금 걸었는데 이번에는 기다란 대나무를 길 따라 깔아놓았다. 그 틈으로 나무뿌리가 파고들어 노출돼 있다. 높낮이가 심하지 않은 흙길을 따라 걷는다. 야생 차나무가 초록 잎을 자랑하며 반긴다. 고갯마루에 당도하니 또 하나의 풍경이 펼쳐진다. 잡목 숲 사이에 자라고 있는 야생 차가 아닌 백련사에서 재배하고 있는 잘 정돈된 차밭이 조형미를 자랑하고 그 주위는 온통 동백 숲과 대나무 숲이다. 짙은 초록 사이로 백련사가 강진만을 조응하며 멈춰진 시간 속에 머문 듯 고요하다. 다산초당에서 1km가 채 안 되는 산길을 다산은 벗인 백련사 주지 혜장선사를 만나러 갔고 돌아왔을 것이다.

　동백 숲으로 들어서자 동박새들이 요란하다. 이 나무에서 저 나무로, 이 꽃에서 저 꽃으로 옮겨 다니며 바쁘다. 땅바닥에는 꽃송이째 떨어진 동백꽃이 발 디딜 수 없이 널려 있다. 무안해진다. 다산의 발걸음도 떨어진 동백꽃 앞에서는 멈칫했을 것이다. 숲 속을 거닐어본다. 수령 3백~5백 년 이상 된 동백나무들에게 각각 번호표를 달아 관리하고 있었다. 1962년 국가지정문화재 천연기념물 제151호로 보호받고 있는 수천 그루 동백나무들은 비자나무, 후박나무, 푸조나무와 함께 자라고 있었다. 차나무과의 상록교목인 동백나무는 꽃이 피는 시기에 따라 춘백, 추백, 동백으로 불리기도 한다. 나이를 먹으면 사람도 모습이 바뀌듯 동백나무의 모습이 다양하다. 울퉁불퉁한 근육하며, 상처 난 부위를 이겨낸 기형적인 모습까지 심란한 세월을 겪어온 듯하다. 다산의 한 시절 생애를 떠올리게 한다. 나도 심산해진다.

동백 숲을 벗어났다. 백련사다. 신라 문성왕 때 무염선사가 창건했다. 고려 명종 때 원묘국사가 중창 후 귀족 불교에서 대중 불교로 들어가자는 불교개혁운동인 백련결사를 주도해 사세를 날렸던 절이다. 조선 후기에는 8대사를 배출한 선승 도량이었으며 다산과 우정을 나눴던 혜장선사는 8대사 중 한 분이었다. 혜장선사를 만나러 가는 다산의 발걸음으로, 혜장선사를 만나고 오는 다산의 걸음걸이로 다시 다산초당을 향해 옛길을 따라 내려가야 한다. 다산기념관을 들러보고 아스팔트가 시원하게 깔린 큰길로 내려왔다. 겨울을 견뎌낸 초록 논보리가 강진만에서 밀려온 안개 속에서 아직도 숨을 고르고 있었다.

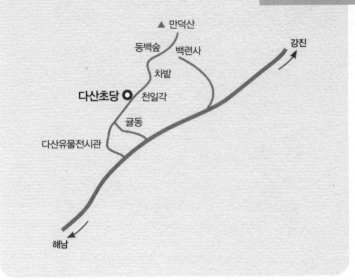

강진 다산초당

▲ 만덕산

동백숲 백련사

차밭

다산초당 O / 천일각

귤동

다산유물전시관

강진

해남

🚗 교통

강남고속터미널에서 강진행 버스를 이용한다. 자가운전은 서해안고속도로 목포IC로 나와 2번 국도를 주행하면 강진읍이다.

🏠 숙박

강진읍에 숙박 시설이 있다. 자가운전 차량이면 성전면 민박을 이용하는 것이 여행의 맛이 더하다.

다산정석(茶山丁石)

다산초당 양지쪽 만덕산 선바위에

정석(丁石)이란 두 글자 해서체로 크게 써

정약용 유배의 세월 잊지 말자 새겼다

그걸 알고 동백이 생모가지로 떨어져

비류폭포 연지를 하염없이 맴도는데

백련사 넘어온 바람 붉은 해를 토했다

선암사에서 송광사 넘는 길

순천 조계산 굴목재

선암사 주차장에서 절로 가는 길가에 할머니들이 봄나물을 팔러 나와 다정하게 앉아 계신다. 눈에 밟히는 정겨운 모습이다. 봄나물이 맛있다며 손짓을 보낸다. 빨간 플라스틱 함지박 두 개로 하나는 엎어서 좌대로 삼고, 다른 하나는 그 위에 올려서 나물을

담아놓았다. 쑥, 냉이, 봄동 등 푸성귀가 싱그러운 봄 냄새를 전하며 손님을 기다린다. 작년에 깎아 잘 건조시킨 곶감도 봄나들이를 나와 좌판 한 곳을 차지하고 있다. 할머니들은 자기들끼리 오순도순 들릴 듯 말 듯 이야기를 나누다가 길손이 지나면 반갑게 손짓을 보낸다. 오랜만에 보는 정겨운 풍경이다. 한 폭의 그림이다. 할머니들은 우리의 마음속에 시들지 않고 피어 있는 불멸의 꽃이다. 혼자 앉아 있지 않고 여러 할머니들이 함께 있으니 외로운 풍경이 아니어서 마음이 뿌듯해진다. 대한민국 방방곡곡에 옛길이 남아 정겹듯, 우리의 어머니들은 건강하게 잘 계시니 마음이 훈훈해진다.

　매표소를 지나면 곧바로 흙길로 이어진다. 조계산(884m)도립공원 안내판이 나온다. 선암사를 둘러보고 굴목재를 넘어 송광사로 가려는 초행자라면 꼭 안내판을 보고, 체력에 맞는 코스를 선택해야 한다. 길은 다섯 갈래다. ▲선암사－큰굴목재－송광굴목

재-송광사(8.7km, 3.5시간) ▲선암사-작은굴목재-장군봉-장박골 정상-연산봉-송광굴목재-토다리-송광사(12.2km, 5시간) ▲선암사-작은굴목재-연산봉-송광굴목재-송광사(9.6km, 4시간) ▲선암사-송광굴목재-천자암-송광사(11.3km, 5시간) ▲선암사-장군봉-장박골 정상-연산봉-송광굴목재-천자암-송광사(13.9km, 6시간) 등이다. 거리와 시간을 가늠하고 다리품을 팔 수 있는 능력에 따라 길을 잡으면 된다. 조계산 정상을 밟지 않아도 된다면 ▲선암사-큰굴목재-송광굴목재-송광사 코스를 권하고 싶다. 가벼운 배낭에 물 한 통 넣고 쉬엄쉬엄 걷다 보면 어느덧 유명하다는 보리밥집에 당도할 것이다. 그곳에서 걸게 한 상 받고 동동주로 목을 축이는 기분은 말로 표현하기가 어려울 정도로 흡족하다. 직접 맛을 보시라는 말밖에 달리 설명할 방법이 없다.

매화 향 날리는 돌담길

이미 길은 시작되었고 나는 속진을 털어내려 한다. 호젓한 흙길을 걸으니 머리가 맑아진다. 서어나무, 나도밤나무, 굴참나무, 떡갈나무 등 온갖 나무가 하늘을 향해 쭉쭉 뻗어 있다. 큰 나무들 발자락에서 신우대가 초록을 뽐내고 봄바람에 흔들리며 살랑살랑 소리를 낸다. 부도밭을 지나 산굽이를 돌아서자 곧바로 무지개 다리 승선교(昇仙橋)가 자태를 드러낸다. 신선의 세계로 오르는 곳이다. 예전에는 이 다리를 건너지 않고 산사로 들 수 없었다. 지금은 산자락 옆으로 길을 만들어 다리를 건너지 않고 갈 수 있다. 승선교를 지나면 강선교(降仙橋)가 지척이다. 강선교 위에 2층 누각을 세웠다. 강선루다. 누각에 올라 승선교를 바라보면 운치가 그만이다. 꽃잎이 나비 되어 흩날리는 봄철도 좋고, 소낙비 내리는 여름철도 좋고, 만산홍엽 단풍비의 가을에도 정취가 아름답다. 또 겨울의 눈 내리는 풍경이라니…… 더할 수 없다. 강선루는 신선이 내려오는 곳이다. 더욱 감흥이 설렌다. 승선교 아래 개울에서 무지개 곡선을 프레임에 넣어 바라보는 강선루의 풍경도 빼어나게 아름답다. 흘러내리는 물 위에 다리를 만들고 그 위에 누각을 세워 강선루(降仙樓)라 이름 지었으니 구도자의 마음을 넘어 옛사람들의 풍류가 멋지고 부럽다.

승선교와 강선루의 멋스러움을 바라보니 지난 1월 폭설 내리던 만해마을이 생각난다. 눈은 하염없이 내리고 쌓여 길이 막혔다. 만해마을 입구에 사람이 다닐 수 있는 길을 내야 했다. 삼조 주지 스님은 마당의 눈을 다 치우지 말고 사람이 다닐 수 있을 만큼만 치우고 다른 공간은 쌓인 눈을 그대로 두라 하셨다. 눈의 정원, 조형미를 생각하신 것이다. 그리고 멋진 눈사람도 만들어 아이처럼 즐거워했다. 소중한 기억이다. 산속에서 길(路)을 내려면 그런 길(道)을 내야 하지 않을까. 개울물 흐르는 소리, 새소리가 봄을 청하느라 요란하더니 매운 향기가 스며든다. 어느덧 매화꽃 그늘에 발걸음이 멈춰 서 있다. 선암사 선암매는 천연기념물 제488호로 2007년 11월에 지정되었다. 원통전, 각황전을 따라 운수암으로 오르는 담장길에 쉰 그루가량 있다. 원통전 담 뒤편의 백매화와 각황전 담길의 홍매화가 천연기념물로 지정돼 있는데 나는 홍매에 취해 어질거린다. 어느 해 이른 봄비 내리던 날 선암사를 찾아갔다가 우매(雨梅)에 취해 우산도 없이 떨었던 추억이 새롭다. 이들 매화는 아쉽게도 문헌에 전하는 기록이 없어 수령을 정확히 알수 없다. 절에서 전하는 이야기에 따르면 6백여 년 전에 천불전 앞의 와송과 함께 심어졌다는 것. 선암사의 역사와 함께 긴 세월을 지켜온 옹골찬 매화나무다. 고매(古梅). 이끼 서린 돌담장 위로 가지를 뻗어 멍울 맺고 피어 있는 매화를 보러, 매화 향에 취하러 찾아오는 길손들로 선암사는 소란스럽다. 어디 매화뿐이겠는가. 산수유, 벚꽃, 생강나무, 진달래가 다투어 피어나고 청매는 모시 적삼어깨 움쭐대듯 슬쩍 하얀 나비 되어 무우전 앞뜰에도 날아든다.

바람이 한 짬 불어온다. 조계산 정상 장군봉 바람이다. 매화의 흰 살결과 분홍 향기가 그리워서였을 게다. 조계산이 어떠한 산인가. 태고총림 선암사와 조계총림 송광사를 품고 있는 산이다. 한국 불교의 양대 산맥을 품고 있는 명산이다. 나는 이 명산에 들어 한국 불교의 양대 산맥을 잇는 굴목재를 걸어간다. 스님들도 걸었고 조계산에서 숯을 굽던 민초들이 쉬엄쉬엄 걸었을 그 길을 매화 향기에 취하고 흙냄새에 젖어 낙엽을 밟으며 걷는다.

나는 여러 갈래의 길 가운데 조계산 정상을 밟을 수 있는 ▲선암사−대각암−장군봉−배바위−큰굴목재−보리밥집−송광사 코스로 욕심을 내본다. 이 길은 장군봉까지는 등산이란 걸 안다. 선암사 매화 향기를 뒤로하고 돌아서면 '대각암 150m →' 푯말이 보인다. 그 길을 따라 걸으면 느긋한 듯 가파른 길이 쭉 뻗어 있고

선암사 홍매 봉오리 터지는
소리 들릴 듯, 아련하다

삼나무의 곧은 직립의 상쾌감을 맛보게 된다. 무한천공을 향해 자유롭게 직립해 있는 나무들의 튼실한 허리가 내 것인 양 나도 우쭐해진다. 걷다 보면 5m 높이의 선암사 마애여래입상을 만난다. 눈, 코, 입이 뚜렷한 모습이다. 조금 더 오르면 대각암이다. 평화로운 터에 바람도 없는 '나의 살던 고향'처럼 조용한 곳이다. 굴참나무와 대나무가 키 재기를 하는 산죽길을 지나면 대팻집나무가 이름표를 달고 어서 오르라고 손을 내민다. 연분홍 진달래가 다소곳이 피어 뒤에서 배낭을 잡아당긴다. 그 유혹을 뿌리치고 가려니 어느덧 등줄기에 땀이 흐른다. 이마에도 흐른다. 노각나무의 매끄러운 몸을 슬쩍 어루만지고 안 그런 척 경사가 급한 산길을 오르는데 굴참나무가 '다 안다'는 듯 웃는다. 온몸이 땀에 젖어간다. 쇠물푸레나무가 흰 반점을 드러내 놓고 덩달아 웃는다. 나도 웃는다. 좀 무안해지려 하는데 하늘을 배경 삼아 검은빛을 두른 타원형 돌 표지석이 서 있다. 장군봉 884m. 조계산 정상이다. 한 시간 반가량을 정신없이 올라왔다. 시야가 탁 트인다. 하늘이 파랗다. 솜사탕처럼 구름이 솜자락을 풀어낸다.

이정표를 본다. 장박골을 거쳐 송광사로 직행하느냐, 배바위를 거쳐 작은굴목재에 점을 찍고 송광사로 하산하느냐 망설인다. 망설일 일이 아니다. 옛길을 조금은 더 걸어줘야 한다. 배바위 쪽으로 하산한다. 조계산 최고의 조망처가 배바위다. 밧줄을 타고 바위에 오른다. 산에 배바위가 있다니 이건 억지 아닌가, 하는 등산객이 있을 터. 연유는 이러하다. 옛날 엄청난 홍수가 일어 사람들이 커다란 배를 만들어 그곳에서 피신했는데 이 바위에 배를 매어놓고 홍수가 물러날 때까지 기다린 끝에 살아났다는 전설에서 지어진 이름이다. 1900년대 초까지만 해도 배바위에 조개껍데기가 붙어 있었다는 이야기가 전해진다. 선암사의 이름도 신선이 바위에서 바둑을 두었다는 신선바위, 선암(仙巖)이라 부르게 된 데서 유래했다는 전설과 함께 장군봉은 장군의 도장, 즉 인장(印章)이라 하여 인장바위라 부르기도 한다. 산에서 만난 전설은 산길을 걷는 이에게 피로회복제 같다는 생각을 하는 사이에 작은굴목재에 도착했다.

작은굴목재에서 불일암까지

선암사에서 송광사로 가는 옛길인 굴목재는 조계산의 8부 능선을 오르내리며 걷는 기분 좋은 길이다. 장군봉을 오르지 않고 바로 걸었으면 내가 서 있는 작은굴목재를 이미 지나 보리밥집에서 산나물에 고추장 섞어 비빔밥에 막걸리를 들이켜고 있을 것이다. 발 빠른 사람은 배불리 먹고 느긋하게 낮잠을 즐기고 있겠다. 나도 서둘러 걷지만 뜻대로 되지 않는다. 낙엽 깔린 흙길이 발목을 잡는다. 느리게 걷자. 걷기는 느림이다. 걸으면서 시시콜콜 풀과 나무와 돌멩이와 소통하자. 그렇게 걷다 보면 내 안의 소리가 들리겠지. 마음이 비워지겠지. 걷는 일은 비우는 일이다. 이 길은 내가 처음 걷는 길이 아니다. 앞선 누가 걸었던 사연이 있는 길이다. 그 앞서 걸었던 이의 이야기도 들어야 한다. 길은 옛길이지만 걷는 일은 언제나 새롭다. 느리게 걷자. 봄이 왔지만 낙엽이 부스러져 발바닥을 받쳐주는 길이 아름답다. 아련하다. 누군가 나를 부를 것 같다. 만해 한용운의 님도 이러한 길로 떠났을까.

큰굴목재 나무계단을 내려서니 선암사가 멀어진다. 조금 내려가니 지경터다. 층층나무와 상수리나무 사이에서 샛노란 생강나무 꽃이 피어 있다. 고욤나무, 사람주나무, 느티나무, 까치박달도 보인다. '송광사 3.3km, 선암사 3.3km' 대피소 표지판이 서 있다. 내가 서 있는 이 지점이 한국 불교의 양대 산맥인 송광사와 선암사의 중간점이다. 숯가마 터를 지나니 네거리 고갯길이 나온다. 곱향나무가 있는 천자암 가는 길이 장군봉에서 내려오는 길과 이어진다. 선암사와 송광사 길과 십자 고갯길을 이룬다. 고려시대 보조국사와 담당국사가 중국에서 돌아와 꽂은 지팡이가 잎을 피워 8백 년을 살았다는 雙香樹(곱향나무, 천연기념물 제88호)가 있는 천자암이다. 이 고갯길에서 쉬고 있으면 송광사 쪽에서 사람들이 줄을 서 올라온다. 송광사가 가깝다는 전갈이다.

등산객이 아닌 사람들은 선암사로 가는 조계산 종주 산행이 목표가 아니다. 천자암의 雙香樹를 참배하려는 것이다. 이 나무에 손을 한 번 대면 극락왕생하기 때문이다. 그만큼 신령스러운 나무다. 雙香樹를 '본다'는 표현은 오답이다. '뵌다'가 정답이다.

여섯 시간을 넘게 걸었다. 물소리가 들린다. 다리를 건넌다. 맑은 개울 소리가 마중을 나온 것이다. 송광사가 가까이에 있다. 선암사와 분위기가 사뭇 다르다. 가람터는 넓지만 요란하지 않고 엄숙하다. 보조국사, 진각국사 등 16국사를 배출한 대사찰이다. 지눌 스님이 불교쇄신운동을 펼친 곳이 송광사다. 많은 건물이 한국전쟁 때 소실됐지만, 국사들의 영정을 모시는 국사전과 목조삼존

불감 등 국보 석 점을 비롯해 서른두 점의 문화재가 있다. 쌀 일곱 가마의 밥을 담을 수 있는 대형 비사리구시도 국보감이다. 4천 명이 먹을 수 있는 밥을 담을 수 있는 비사리구시를 보러 나는 초등학교 때 송광사로 소풍을 갔었다. 어린 내 팔로는 비사리구시 이쪽에서 저쪽이 닿지 않았다. 송광사 경내로 들어가려면 우화각(羽化閣)을 건너야 한다. 버릴 것 다 버리고 깃털처럼 가벼운 몸과 마음으로 건너야 한다. 나는 우화각 난간에 걸터앉아 그냥 쉰다. 다리 아래로 계곡물이 흐른다. 내 모습이 물 위에 비친다. 무엇을 버릴 것인가. 그 생각마저 버려야겠다.

송광사

　선암사와 굴목재, 송광사 우화각을 버리고 내려오는데 불일암
가는 화살 표지판이 보인다. 좁은 흙길을 따라 걸었더니 대낮인데
도 어둑한 대나무 숲이 터널을 이룬다. 불일암은 대숲 뒤에 있었
다. 부엌 옆에 낡은 나무 의자 하나가 허름하게 앉아 있었다. 추모
객들이 법정 스님 영정 앞에 지전을 놓고 연방 배(拜)를 올린다. 스
님이 가신 지 삼칠일 이틀 전날 늦은 오후였다.

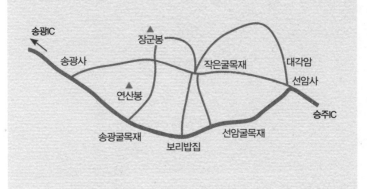

송광IC

장군봉 ▲

송광사

작은굴목재   대각암

연산봉 ▲   선암사

송광굴목재   승주IC

보리밥집   선암굴목재

🚌 교통

대중교통 이용을 권하고 싶다. 선암사에서 송광사로 넘거나 그 반대로 걷
는다 해도 원점 회귀가 아니어서 자가운전은 불편하다. 강남고속터미널
호남선 순천행을 이용, 선암사행 버스를 탄다. 돌아올 때는 송광사에서 직
행버스로 광주로 가면 전국 어디로든 고속버스가 운행한다.

🏠 숙박

선암사, 송광사 입구에 숙박 시설이 여럿 있다.

낡은 의자

그가 손수 짰다는

나무 의자* 놓여 있다

한때는 함께 놀며

책을 읽고 밥을 먹던

행걸(行乞) 간 동무가 없어

의자는 심심하다

* 불일암에 법정 스님이 손수 짠 나무 의자가 혼자 남아 있다.

아흔아홉 굽이를 대굴대굴

평창 대관령 옛길

　율곡이 강릉에서 한양으로 과거 길을 떠나면서 요깃거리로 곶
감 백 개를 괴나리봇짐에 챙겨 대관령 고갯길에 올랐다. 한 굽이
를 돌 때마다 힘이 들어 곶감 하나씩을 꺼내 먹었다. 곶감 먹는 재
미에 힘든 줄 모르고 고개를 넘어와 봇짐을 보니 곶감이 딱 한 개
남아 있었다. 한 굽이 돌면서 곶감 하나씩, 아흔아홉 개의 곶감을
먹었으니 대관령 고갯길이 아흔아홉 굽이라는 이야기가 전해오
고 있다. 그 대관령 옛길을 나는 곶감 대신 도시락과 함께 생수 한
통, 소주 한 병 배낭에 넣고 아흔아홉 고갯길을 돌아 돌아 걷기로
했다.

　대관령은 강원도 강릉시 성산면과 평창군 대관령면을 껴안고
있다. 그 고개를 걸어서 넘었던 길이 옛길이며, 지금은 세 갈래로
넘을 수 있다. 터널을 통과하는 고속도로와 지금은 지방도로 물러
난 옛 영동고속도로가 그것이다. 내가 걷게 될 길은 1500년의 역
사를 고스란히 안고 있는 살아 숨 쉬는 옛길이다. 대관령 국사성

황당에서 대관령박물관까지의 7.8km 구간이다. 원래의 옛길은 강릉시 성산면 구산리와 평창군 대관령면 횡계리까지의 13km를 말하는 것인데 옛길이 사라지고 자동차 길로 포장되어 '성황당-대관령박물관' 구간으로 정해 보존하여 옛사람들의 숨결을 느끼고 즐기고 있는 것이다.

나는 동서울터미널에서 출발해 횡계에서 하차, 대관령휴게소까지 택시로 이동한다(택시 요금 1만 원). 휴게소에서 강릉 방향 500m 지점에 '대관령 국사성황당 입구'라고 적힌 5m 높이의 자연석이 장승처럼 서 있다. 그 지점이 해발 832m다. 그 길을 따라 고도를 높여가며 1.2km를 오르면 대관사 옆에 성황사(城隍祠)와 산신각이 있다. 해발 900m 지점이다. 여기서부터 반정을 거쳐 주막터, 하제민원, 대관령박물관까지 내리막길을 돌면서 걷는다. 반대로 대관령박물관에서 시작하면 돌고 돌면서 계속 오르게 된다.

옛길을 걷기 전에 국사성황당에 기도를 올린다. 풍작, 풍어의 신 범일국사를 모신 사당이다. 유네스코에 등재된 세계문화유산 강릉단오제가 시작되는 신령스러운 장소다. 단오제가 아니라도 1년 내내 축원하는 간절한 마음을 지닌 이들의 발길이 끊이지 않는다. 굿이 늘 열리고 있다. 성황사는 조선시대 맞배집으로 벽면에 성황 신상이 그려져 있다. 범일국사(810~889)다. 범일국사는 신라 때 스님으로 구산선문의 하나인 사굴산파를 개창한 선승이며 대관령의 서낭신으로 신격화된 인물이다.

범일(梵日). 그 이름에는 그의 탄생 설화가 있다. 강릉시 구정면 학산리에 설화 속의 우물 석천(石泉)이 있다. 마을 처녀가 석천에서 바가지로 물을 뜨는데 물 위에 해가 있었다. 그 물을 버리고 다시 떴는데 또 해가 떠 있었다. 그 물을 마신 처녀는 잉태하여 출산했지만 아비 없는 자식이라 마을 뒷산 학바위 아래 버렸다. 그러나 처녀는 잠을 이루지 못하고 다음 날 산을 찾았는데 기이한 광경을 본다. 학과 산짐승들이 아이에게 젖을 먹이고 있었던 것이다. 비범한 아이임을 감지한 처녀는 아이를 데려와 키우며 '해가 뜬 물을 마시고 잉태한 아이'라 해서 이름을 범일(梵日)이라 지었다.

범일은 스님이 되어 학산에 돌아와 절을 짓고 왜적이 침입하자 술법으로 적을 물리쳤다. 이 전쟁은 임진왜란을 말한다. 신라 말 스님이 임진란 때 적군을 물리친 것이다. 그렇다. 설화란 로망이 있는 법이니까. 아무튼 범일 스님은 사굴파의 본산 굴산사를 창

건하여 불교를 전파하고 고향을 지켰으며 입적 후 대관령 서낭신
이 되었다. 강릉단오제 제사는 범일 스님에게 올리는 제의이며 범
일국사는 강릉 지방의 신으로 추앙되고 있다. 사료에 의하면 범일
스님은 통일신라시대 3왕으로부터 왕사·국사 자리를 권유받았
으나 이를 뿌리치고 수도와 불경 연구에만 전념했다고 한다. 산신
각은 김유신 장군을 모신 사당으로 '대관령 산신지위'라는 위패가
모셔져 있다.

대굴대굴 크게 굴러가는 대굴령

대관사와 성황사 사이 비탈에 야생화가 고원의 바람 깃을 타고
소리 없이 춤을 춘다. 얼레지, 현호색, 꿩의바람꽃, 바닥에 바싹
엎드려 낙엽 사이에 피어 있는 복수초, 괭이눈의 노란 눈망울. 민
들레도 노랑을 햇빛 속에 날려 보낸다. 산괴불주머니와 꽃다지가
시샘하며 노랑 웃음을 흘린다.

이들을 뒤로하고 산신각 오른쪽으로 이어진 샛길을 따라 오른
다. 선자령으로 향하는 백두대간 마루금이 기다린다. 그 길과 교
차하며 반정을 향해 휘어진 옛길을 대굴대굴 크게 굴러보기로 한
다. 땅의 힘이 후끈 달아오른다. 지난 3월에 걸었던 눈길이 아니
다. 며칠 전에 내렸던 4월의 잔설도 멀리 보이는 산 정상에만 희끗
보일 뿐이다.

대관령이라 처음 이른 것은 16세기경인데, 12세기 고려 시인

얼레지 꽃말은 '바람난 여인'이라는데

옛길 아래로 통과하는 영동고속도로
소음으로 산이 괴롭다

김극기는 '대관(大關)'이라 적었다. 큰 고개를 뜻하는 '大' 자를 붙이고 험한 요새의 관문이란 뜻을 담았다. '크다'는 의미를 사용한 것은 고개의 상징성이다. 이는 높이로만 따지는 것이 아님을 알 수 있다. 정선 만항재(1330m), 지리산 성삼재(1100m)와 비교하면 대관령이 한참이나 아래다. '관(關)'은 중요한 경계적 요새로서 고개의 동서를 가르는 출입구를 말한다. 조선시대의 인문 지리서인 『신증동국여지승람』의 기록에 따르면 대관령은 영동의 진산으로 중앙과 지방, 영동과 영서를 구분하는 지리적·방어적 관문이자 문화적 경계 지역이었으며 상징적 공간이었다. 다른 지역으로 들어가는 관문이자 신성한 영역이었다. 풍수가들은 대관령을 자물쇠 형국(말굽형이라고도 함)이라 하는데 이것은 관문으로서 대관령을 넘나드는 것이 쉽지 않았다는 것이다. 그러므로 강릉 지역에는 평생 대관령을 한 번 넘지 않고 사는 것이 행복하다고 전해졌다. 그러나 지금은 닫힘의 공간에서 열림의 공간으로 대관령은 사람들로 넘쳐흐른다.

국사성황당에서 반정까지 1.8km 흙길을 걸어 내려간다. 길은 곧게 뻗어가지 않고 사행천이 흐르듯 부드럽게 휘어 돈다. 대굴대굴 굴러서 내려간다는 강릉 사람들의 말이 믿기지 않을 정도로 경사가 급하진 않다. 길이 곧게 뻗어 있지 않고 산허리를 껴안고 정담을 나누듯 이어지니 굴러갈 염려는 없다. 백두대간 마루금에서 매섭게 몰아치던 바람도 이 길에서는 비껴간다. 길이 움푹 파여 낮게 이어지니 등성이에 옷 벗고 서 있는 나무들만 잘못 없이 바람의 매를 맞고 있다. 길의 폭도 넉넉하다. 두셋이 나란히 사이좋게 걷기에 안성맞춤이다. 눈 쌓일 때 걸었던 맛과 사뭇 다르다. 무릎까지 푹푹 꺼지는 눈길은 마주 오는 사람과 비껴가기도 어려웠던 길이었는데 이 넉넉한 길을 누가 만들었을까. 영동에서 영서로 영서에서 영동으로 수많은 사람이 넘었을 것이고, 그렇게 해서 길은 사람의 성품을 닮아 부드럽고 넉넉하게 사라지지 않고 남아 있어 고마움을 안겨준다.

눈길을 밟아 길을 낸 설답꾼, 소금 가마를 진 선질꾼, 봇짐 진 장돌뱅이, 가마를 멘 행렬 등이 수도 없이 오고 갔을 그 길을 단숨에 내려오니 반정이다. 강릉 시내가 한눈에 내려다보이고 동해가 와락 달려올 것 같은 전망 좋은 지점이다. 옛 고속도로와 만나는 지점이기도 하다. 도로 양옆에 대형버스와 승용차를 주차시켜놓고 풍광을 즐기는 사람들이 많다. '대관령 옛길 반정(半程)'이란 커다란 표지석이 있다. 이를 배경 삼아 사진을 찍고 즐거워한다. 반정이란 지명은 강릉 구산에서 평창 횡계의 중간이란 뜻이다. 원래의 대관령 고갯길 중간 지점이다. 여기서부터 대관령박물관까지는 6km다. 표지석을 뒤로하고 급하게 계단길을 내려간다. 곧바로 경사가 완만한 길이 나오고 평지처럼 길이 순해진다. 단원 김홍도의 「대관령」그림이 복제되어 세워져 있다. 그렇담 단원도 이 길을 걸었단 말인가.

반정에서 1km쯤 내려왔을까. 네모난 돌담 가운데 비석이 하나 서 있고 비석 뒤에 조용한 무덤이 있다. 무덤의 주인은 기관 이병화. 비석은 그의 유혜불망비(遺惠不忘碑)로, 순조 24년(1824) 대관

령 인근에 살던 어흘리 주민과 옛길을 오가던 장사꾼들이 기관 이
병화의 은혜에 보답하기 위해 건립한 것으로 추정된다, 이병화는
인정 많은 향리(지방 하급관리)로서 당시 대관령은 길이 험준하고
민가가 없었으나 왕래가 빈번하여 겨울이면 얼어 죽은 사람이 많
아 이를 근심하던 끝에 반정에 주막을 짓고 어려운 나그네에게 침
식을 제공한 참다운 봉사 정신의 인물이었던 것. 그에 대한 글이
새겨져 있다.

　　백 냥의 돈으로 이자를 늘려 나그네가 묵어갈 집을 지었네
　　이곳에서 생활할 수 있으니 굳이 농사를 짓지 않아도 되었네
　　오가는 길손은 쉼터를 얻었고 여기에 기거하는 사람은 오두막이 생
겼네

금강소나무 숲에 들다

길이 서서히 지상으로 하강하고 있다. 어디선가 쇳소리 같은 굉음이 신경질적으로 들린다. 고속도로 터널을 빠져나온 차들이 미친 듯 질주하는 소리다. 그 무렵 애절한 시 한 편을 입간판으로 만난다.

늙으신 어머님을 강릉에 두고
이 몸은 홀로 서울 길로 가는 이 마음
돌아보니 북촌은 아득도 한데
흰 구름만 저문 산을 날아 내리네

신사임당의 「사친시(思親詩)」다. 어머니에 대한 애틋한 그리움이 절절하다. 어린 율곡의 손을 잡고 대관령 길을 오르면서 강릉에 어머니를 홀로 두고 떠나는 애달픈 마음이 전해진다. 신사임당은 결혼한 지 얼마 안 돼 아버지를 여의었고, 딸만 내리 다섯을 두었기에 의지할 곳 없이 쓸쓸하게 계실 어머니가 눈에 밟혀 한양으로 가는 대관령 험한 고개를 오르면서 속울음을 한없이 울었던 것이다.

아, 다리가 팍팍해진다. 나도 어머니가 보고 싶다. 6년째 병원

에 누워 계신 나의 어머니. 자꾸 작아져 가는 어머니. 말하시기도
힘이 드신지 눈으로만 말을 한다. 고갯길을 걷는 사람들의 발걸음
이 씩씩하다. 그런데 나는 울 곳을 찾아서 사람이 다니지 않는 숲
으로 들어가 시장기를 느낀다. 배낭을 열어 생수를 꺼낸다는 게
소주병을 꺼내 갈증을 채워버린다. 그리고 무작정 누워버린다. 눈
을 감아도 그리움이 달래지지 않는다. '그립다'라는 말을 누가 만
들었을까. 이 세상 최초에 그 말을 만든 사람도 누군가를 그리워
했을까. 가슴이 아팠을까. 누워서 하늘을 본다. 햇빛이 내 얼굴을
짠하다는 듯 어루만진다.

몇 년 전, 막내 여동생을 하늘나라로 보내고 나는 많이 울었다.
어머니가 안쓰러워 어머니 앞에서는 울지 못했다. 그 아이가 별이

되었을 거란 생각에 별을 보면 늘 눈물이 났다. 별을 보는 버릇이 우는 버릇으로 바뀌었다. 백담사 가는 길에서 쏟아지는 별을 보며 울었다. 그때 더 많은 별을 보기 위해 길바닥에 누웠다. 평온하고 행복했다. 슬픔도 때로는 위안이 된다는 걸 그때 알았다. 동행했던 신경림 선생을 억지로 길바닥에 눕혀 별 보는 방법을 강요했던 일을, 조금은 버릇이 없어 미안한 마음이지만 참 잘한 일이라고 지금도 생각하고 있다.

금강송 숲에 누워 하늘을 보니 나도 한 그루 금강송이 되고 싶다. 반정과 주막터 사이, 쉼터 근처에 있는 '자기학습식 금강소나무 숲으로의 여행' 코스를 흔히들 지나치는데 나는 꼭 이곳에 들어기를 충전받으시길 강력 추천하고 싶다. 소나무에 대한 자기학습의 장소이기도 하다. 대관령 소나무는 1922~1928년 솔씨를 사람의 손으로 뿌려 가꾸고 보살핀 것이다. 울진 금강송 숲과 더불어 우리나라 최대의 금강송 군락지로 규모는 약 4백 헥타르에 이른다.

금강소나무 숲을 벗어 나오면 오른쪽 계곡에서 물소리가 귀를 씻어준다. 다리를 건너 조금 내려가면 주막터. 강릉시에서 초가로 이엉을 얹어 옛 주막을 2008년 복원해놓았다. 전통 귀틀 초가집으로 등산객들의 쉼터다. 주막터를 벗어나면 길은 맑게 흐르는 계곡물과 화답하듯 평화롭게 이어진다. 눈 위를 걸으며, 얼음 밑으로 흐르던 물소리를 듣던 것과 느낌이 다르다. 상쾌하다. 곧바로 하제민원에 도착하니 펜션과 주막 등 먹거리 타운이다. 여기서부터 포장도로를 따라 원울이재[員泣峴]를 넘는다. 조선시대 강릉에 근무했던 부사(고을원)가 부임할 때 울었고 떠날 때 울었던 고개

라 하여 원읍현이다. 강릉으로 올 때 한양에서 6백 리 떨어진 먼 지
방관으로 발령받은 자신을 한탄하면서 울었고, 임기를 마치고 떠날
때는 그동안 정들었던 백성의 인심을 못 잊어 울었다는 고개다.
울음재를 넘어 내리막길이 끝날 무렵 대관령박물관에 도착한다.

456번 지방도로 역할이 바뀐 옛 고속도로에서 강릉행 버스를
기다리다가 강릉의 마음씨 좋은 등산객의 승용차를 얻어 타고 고
속버스 터미널에 도착하여 서울행 버스에 몸을 실었다. 역시나 강
릉은 인심이 좋은 곳이다. 원울이재 사연을 다시 떠올려본다.

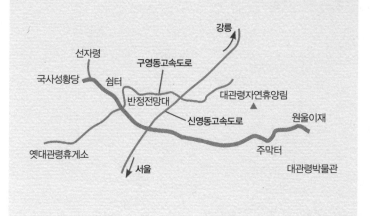

평창 대관령 옛길

강릉

선자령
구영동고속도로
국사성황당   쉼터
반정전망대
대관령자연휴양림
신영동고속도로
원울이재
옛대관령휴게소
서울
주막터
대관령박물관

🚗 교통

자가운전은 영동고속도로 횡계IC로 나온다. 대중교통은 동서울터미널에서 횡계행을 타고 하차 후 택시로 옛 대관령휴게소로 가면 무난하다. 옛길을 걷고 대관령박물관 앞에서 강릉행 버스를 이용하여 강릉에서 서울로 오는 코스도 좋다.

🏠 숙박

횡계에 호텔·콘도·펜션이 많다.

얼레지

깊은 산 양지쪽에 햇살 한 줌 곱게 피어

수줍은 듯 당돌하게 부끄럽지만 바람난 듯

산처럼 튼실한 아이 이 봄날 갖고 싶다

소금 자루 지고 넘던 눈물 고개

지리산 장터목

지
리
산

장
터
목

남한의 산 가운데 바다에 떠 있는 제주도 한라산(1950m)을 제외한 내륙의 수많은 산 중에서 제일 높게 우뚝 선 지리산 천왕봉(1915m) 아래 그 옛날 장이 열린 고개 터가 있었다니 믿기지 않지만, 믿고 친구 따라 장에 가는 차림이 아닌 본격 등산 차림으로 옛길을 찾아 등산화 끈 단단히 조여 매고 길을 나선다. 지리산에 있는 노고단, 뱀사골, 연하천, 벽소령, 세석, 치밭목 등 대피소 가운데 가장 높은 지점에 위치한 장터목대피소에 장(場)이 섰다는 것이다.

옛사람들의 교통수단으로 말이나 수레가 있었지만 대부분의 민초들은 튼튼한 두 다리로 걸었다. 산이 마을과 마을을 가로막고 있는 경우에는 걷는 것이 상책이다. 지리산의 경우도 주능선에 옛사람들이 걸어 넘었던 고개가 지금도 사라지지 않고 살아 있다. 벽소령, 임걸령, 시암재, 성삼재, 장터목 등. 고개란 산과 산이 겹치는 능선의 낮은 통과 지점이다. 지금처럼 생활을 여유롭게 즐기려 고개를 넘고 능선을 걸어 산 정상을 오르는 레저가 아닌 생존을 위해 산을 오르고 고개를 넘어 걷다 보니 길이 열린 것이다. 길이 없는 산속을 걷고 헤쳐서 삶의 통로로 만든 것이다.

해발 1750m 고개에 열린 장터

옛날에 장(場)이 섰다는 자리에 지금은 장터목대피소가 있고 지리산 종주 산꾼이나 천왕봉 일출, 장터목 일몰을 보려는 등산객들로 혼잡스러울 만큼 장이 열리고 있다. 길은 네 갈래로 나 있다. 지리산 종주자들이 걷는 세석에서 천왕봉으로 이어지는 주능선

길과 장을 보기 위해 산청군 시천면 중산리와 함양군 마천면 백무동에서 올랐던 길의 교차점이다. 이 네거리 길에서 장터목 옛길은 중산리와 백무동을 오르내리며 이어진 사람들의 고생길인 셈이다. 장터목이란 이름의 유래도 '장이 섰던 터'에서 비롯됐다. 장은 봄가을에 열렸는데 산청군 시천면 중산리 사람들은 소금이나 해산물을 가져왔고 함양군 마천면 백무동 사람들은 종이나 곶감 등을 이고 지고 가져와 물물교환을 했다. 마천면에 사는 사람들은 장이 서지 않는 계절에 생필품인 소금이 필요하면 장터목을 넘어 시천장까지 걷고 또 걸어가서 사 와야 했다.

그들이 걸어야 했던 비탈진 산길의 거리는 얼마였을까. 당시는 지금보다 훨씬 더 길었겠지만 현재 탐방로 입구까지 자동차 길이 뚫려 있어 그 입구부터 산길로 친다. 중산리에서 장터목까지 5.3km, 백무동에서 장터목까지 5.8km. 왕복으로 쳐도 30리가 안 되는 거리다. 곧장 장터목을 넘어가 마을까지 당도했을 거리가 40여리 정도다. 그러나 결코 거리만 가지고 안심하고 따져서는 큰 오산이다. 고개의 높이와 급경사의 힘겨움을 겪어 지리산의 위엄을 톡톡하게 온몸으로 느껴야 한다.

장터목 옛길 고개를 오르고, 장터목에서 1.7km 거리에 있는 천왕봉을 품거나 그곳에 안기려면 서울을 기점으로 찾아가는 길이 여럿 있지만 두 방법이 가장 빠르다. 동서울터미널에서 백무동행 버스를 타고 백무동에서 오르거나, 서울남부터미널에서 진주행 버스로 산청군 원지에서 내려 중산리행으로 바꿔 탄다. 나의 장터목 길 걷기는 중산리에서 시작하여 장터목을 찍고 천왕봉에 올라

다시 장터목으로 내려와 백무동으로 하산하는 코스를 잡기로 한다.

중산리에서 민박하고 새벽 일찍 출발해 해발 637m 중산리 야영장에서 산길로 접어들었다. 여기서부터 어떠한 교통수단도 용납되지 않는다. 두 발로 걸어 천왕봉 정상에 올라야 한다. '천왕봉 5.4km', '장터목대피소 5.3km', '법계사 3.4km'의 이정표가 반갑고 온몸을 들뜨게 한다. 그때까지는 그랬다는 것이다. 칼바위 삼거리까지는 유유자적 5월의 신록과 살가운 바람 냄새를 맡으며 쉬엄쉬엄 걸었다. 때죽나무, 산뽕나무, 병꽃나무, 함박꽃나무, 고로쇠나무, 서어나무, 층층나무, 노린재나무, 바위말발도리, 들메나무, 물참대 등 나무들의 이름표를 읽으며 잘도 걸었다. 그런데 칼바위 삼거리에서 심정의 변화를 일으켰다. 빨치산 비트(비밀 아지

트)가 있는 곳인데 왼쪽으로 가면 너덜지대를 지나 홈바위교를 건
너고 유암폭포의 시원한 물소리를 들으며 젖 먹던 힘까지 꺼내 온
몸을 땀으로 목욕시키며 장터목으로 올라야 한다. 그런데 천왕봉
이 나의 정수리를 향해 유혹한다. 어서 오라고, 널 기다린다고. 산
의 유혹에는 가뜩이나 시험에 딱 드는데, 그 대상이 지리산 천왕

유암폭포

봉이라니. 나는 장터목 옛길을 버리기로 했다.

로터리대피소와 법계사, 천왕봉을 향해 냅다 직진 또 직진한다. 돌계단이 가파르고 숨이 턱에 받쳐 헐떡인다. 어디 그뿐인가. 멀 쩡한 날씨가 꾸물꾸물해지더니 비가 바람을 동반하고 쏟아지기 시작한다. 그것쯤이야 지리산에서 흔히 겪는 일. 아무튼 나는 옛 길을 배반하고 천하 제일 천왕봉을 장터목보다 빨리 보고 싶은 것 이다. 로터리대피소에 도착했을 때는 사선으로 긋던 빗줄기가 강 풍을 타고 폭우로 변해 있었다. 비옷을 입었지만 바지는 이미 물 빨래였고 대피소는 비를 피하는 사람들로 북새통이었다. 법계사 입구도 다르지 않았다. 해발 1450m에 위치한 빨치산 법계사 아 지트 안내판도 비에 젖기는 마찬가지였다. 법계사는 우리나라에 서 가장 높은 곳에 위치한 사찰로 신라 진흥왕 5년에 연기조사가 창건하여 1500년 동안 부처님 진신사리를 모신 곳이다. 개선문 에 당도하니 천왕봉이 불과 0.8km 지점이다. 그러나 안심하지 마 시라. 천왕봉 오르기를 누가 거리로 가늠하라 했던가. 여기서부터 마의 구간이다. 빨강, 노랑, 연초록 등 각색의 비옷을 입은 등산객 들이 다리 힘 빠지고 비바람에 밀려 걷는 사람보다 서 있는 사람 이 더 많다. 마지막 철계단을 올라 천왕봉에 오르는 순간, 숨이 턱 막히고 심장이 멈출 것 같다. 비와 바람에 밀려 서 있기도 버겁다. 온몸은 추위에 떨고 손은 곱아 감각을 상실한다. 통천문을 내려서 제석봉을 지나고 장터목대피소까지의 짧은 거리, 긴 시간의 험난 한 하산 길은 무릎을 혹사시키며 내려가야 한다. 산줄기들은 비와 안개에 가려 능선만이 아련하게 시야를 사로잡는다.

천왕봉이 있어 지리산은 완성된다

지리산. 어떠한 찬사를 보내도 넘치지 않는 우리의 자랑스러운 산. 지리산이 품고 있는 모든 봉우리와 골짜기들은 천왕봉으로 모아지고 천왕봉이 있으므로 지리산은 완성된다. 서쪽 끝 노고단(1507m)에서 서쪽 중앙의 반야봉(1751m)을 거느린 동서 백여 리의 장대한 지리산의 위용은 경이롭고 외경하다. '어리석은 사람이 머물면 지혜로운 사람으로 달라진다' 하여 지리산(智異山)이라 불렀고 '백두산이 흘러왔다' 하여 두류산(頭流山)이라 했다. 또 옛 삼신산의 하나인 방장산(方丈山)으로 알려져 있다. 치밭목대피소(1425m)를 오르는 입구의 대원사 일주문에는 '방장산 대원사'라 적혀 있다. 천왕봉을 오르지 않고 지리산을 갔노라 말하지 말며, 삼대가 덕을 쌓아야 천왕봉 일출을 볼 수 있다 했거늘 나는 일출은커녕 대낮에 빗속에서 천왕봉을 딛었으니 덕 쌓기를 게을리했던 선대를 모셨나 보다.

막상 장터목대피소에 도착했지만 비와 바람을 피할 수 있는 것 외엔 상황은 아수라장이었다. 빗속 산길을 헤치고 온 짐승의 무리들처럼 법석대는 산꾼들로 대피소 취사장은 발 디딜 틈이 없다. 등산화에 물이 고여 질척거렸고 손은 곱아 자유스럽지 못했다. 버너를 켜 물을 끓이고 라면으로 점심을 해결하기로 했다. 버너에 불이 켜지자 너 나 할 것 없이 오징어를 굽듯이 버너 불꽃 위에 손을 녹여본다. 배고픔보다 추위를 녹이는 일이 먼저 살길이다. 라면 국물을 몇 번 들이켜니 진정된다. 몸을 추슬러 백무동으로 하산이

덕산 장날

다. 대피소 밖을 나오니 바람이 온몸을 강타한다. 세석 쪽에서 주
능선을 걷는 종주꾼들이 몸을 잔뜩 휘청거리며 급하게 대피소 안
으로 들어온다. 빗줄기가 굵어지고 있다. 천왕봉으로 향하려던 사
람들이 발걸음을 돌린다. 장터목에서 중산리 구간 옛길을 비겁하
게 미루고 장터목에서 백무동 길로 더듬더듬 내려간다. 장터목에
서 백무동 하산 길은 대피소 화장실과 제석봉 산허리를 질러가는
순한 길로 시작된다. 망바위를 지나고 소지봉까지는 비바람이라
도 즐겁다. 소지봉에서 참샘으로 내려가는 길은 바짝 긴장해야 한
다. 반대로 오르는 사람은 땀깨나 헌납해야 한다. 참샘은 맑은 물
마시고 쉬었다 가라는 산의 큰 뜻이 담겨 있다. 옛사람들도 그곳
에서 쉬면서 땀을 식혔고 고달픈 삶의 한순간을 잊었을 것이다.

참샘을 지나 돌계단을 빗속으로 등산객들이 낙오병처럼 엉금엉금 기어 내려간다. 나도 다를 것이 없다. 지루한 안개 속이다. 물소리가 들린다. 반갑다. 힘이 솟는다. 고생 끝, 행복 시작의 길이다. 평지가 시작될 것이다. 출렁다리 두 개를 건너면 백무동 종점, 서울행 버스가 있는.

비에 젖어 오는 사내를 기다리는.

다시 천왕봉에서 장터목 옛길 걷기

장터목에서 중산리 방향의 칼바위 삼거리 구간 옛길을 걷지 않았다. 그 구간만을 달랑 뽑아 걸을 수는 없는 일. 빗속 산행 후 일주일 동안 나는 토요일을 기다렸다. 비바람 속에서 찍은 사진도 마음에 들지 않았다. 다시 가는 거다. 시간을 들이고 발품을 팔아야 한다. 금요일 밤잠을 설치고 토요일 서울남부터미널에서 진주행 첫 버스를 타고 산청군 원지에 내려 대원사행으로 바꿔 타야 한다. 날씨는 쾌청했고 산과 들은 깨끗했다. 평화스러웠다. 버스를 기다리는 50분 동안 산청의 공기를 호흡하며 여행의 여유로움을 잠시 만끽했다. 대원사로 가는 버스를 탄 건 행운이었다. 가는 날이 마침 덕산 장날이라 차가 멈추자 할아버지, 할머니들이 손에 손에 무엇인가 장에서 구한 물건들을 들고 버스에 오른다. 지리산 깊은 골짜기에 남아 있는 마을 어귀마다 버스가 섰다. 몇 번이고 멈추고 출발한다. 버스가 설 때마다 나는 진실로 마을을 향해 절을 한다. 고맙습니다. 고맙습니다. 지금까지 남아 있어줘서.

　대원사 주차장에 내리는 순간, 하늘은 높고 앞뒤 양옆을 에워
싸고 있는 나무들의 초록 물결⋯⋯. 눈이 시리고 온몸의 세포들이
환호성이다. 걷는 것인지 흘러가는 것인지 모르고 걸었다. 계곡
물 소리는 어찌 그렇게 맑은지⋯⋯. 유평탐방지원센터 앞에 있는
대원사에 들러 절 올리고 비구니 스님이 벗어둔 하얀 고무신에게
도 합장하고 산문을 나와 개울가 식당에서 차려준 나무 밥그릇에
담긴 산채비빔밥을 달게 먹으며 점심을 즐긴다. 유평 마을회관 앞

제석봉 고사목

갈림길이다. 왼쪽 산길로 바로 들어갈 것인가, 하늘 아래 첫 동네인 새재를 거쳐 갈 것인가. 사람이 그리운지라 하늘 아래 첫 동네로 길을 잡는다. 다리가 팍팍한 3.7km의 포장도로 오름길을 걷는데 오픈카(1톤 트럭)가 멈췄다. 그걸 타고 행운의 산골 드라이브 맛이라니. 행운의 연속이었다. 민박과 식당을 겸한 조개골산장 주인의 배려였다.

그이와도 헤어지고 치밭목대피소까지 4.8km를 걷는 일이 오늘의 할당량. 한적하고 평화로운 산길을 계속 오르며 즐거웠지만 마냥 행복한 것은 아니었다. 하늘까지 이어질 듯한 나무계단을 오르며 땀깨나 쏟는다. 바위를 타고 흐르는 무재치기폭포가 발아래서 미끄러지고 있다. 하늘에는 서늘한 바람이 지나간다. 대원사도 유평리도 멀어지고 치밭목대피소가 가까이서 부른다. 드디어 도착. 대피소 샘을 찾아가는 길섶에서 애기나리가 청초하게 반긴다. 서둘러 저녁을 해 먹고 난방이 전혀 안 된 바닥에 누워 잠을 청해보지만 쉽지 않다. 밤 2시에 도둑처럼 밖으로 나가 바라본 치밭목대피소 하늘의 처연한 달빛, 찬 바람 소리, 그 막막함이라니. 유무선 전화가 허용되지 않는 고지. 그리움마저 지워진 곳.

막막함, 그리움도 지워지는 추운 밤

밤은 그렇게 갔고 새벽 야음을 타고 천왕봉을 향한다. 4km. 천왕봉과 중봉이 바라다보이는 써리봉 아래서 아침의 성찬은 단연

지리산 장터목

라면. 밥이 남아 있지만 갈 길이 멀다. 점심을 굶을 수는 없다. 구상나무들이 살아서도 반기고 죽어서도 반긴다. 중봉(1874m)에 오르니 세상이 두렵지 않다. 안개에 휩싸인 천왕봉이 와락 가슴에 안긴다. 파란 하늘, 춤추는 안개 속에서 장엄함 대신 아름다움을 한껏 자랑한다. 언제 봐도 가슴이 뜨거운 '지리산 천왕봉 1915m', '한국인의 기상 여기서 발원되다'라고 각자된 천왕봉 정상 표지석 앞뒤를 흡입하고 제석봉 고사목의 사열을 받으며 장터목으로 향한다.

　장터목에 장이 선 것은 삼국시대부터라고 하나 기록은 희미하다. 그러나 그 옛날 생계를 위해 험한 고갯길을 걸었을 민초들을 생각하면 숙연해진다. 그 후 세상이 변해 일제강점 치하에서는 의

병을 체포하겠다는 강압으로 고갯길을 저지했다. 해방 후엔 한국
전쟁의 후폭풍으로 심한 상처를 입고 만신창이가 되었다. 그렇다
면 지금의 장터목은 언제부터 다시 사람들이 모여 활기를 찾았는
가. 1967년 12월 29일 우리나라 국립공원 제1호로 지리산이 지정
되었고 장터목에 1971년 지리산대피소가 지어졌다. 천왕봉을 오
르기 위해 산을 찾는 산꾼들의 거처였다. 그 후 지리산대피소가
장터목대피소로 이름을 바꾸었다.

　장터목을 떠날 때는 대피소 앞에 있는 빨간 우체통에 편지를 넣
어야 한다. 대한민국에서 가장 높은 하늘 아래 첫 우체통이다. 그
리운 이에게 편지를 쓰고 그리운 이가 없는 사람은 그리운 이를
만들어야 한다. 편지는 대피소에 근무하는 국립공원 관리공단 직

원들이 일주일 간격으로 임무 교대하기 위해 하산 길에 소중하게
안고 간다.

　중산리 방향으로 길을 잡고 음수대에서 맑고 차가운 물 한 바
가지를 심장 깊이 들이붓고 하산하시라. 넉넉하게 한 시간 이상은
인내하시라. 그 깊은 계곡을 따라 느리게 걷다 보면 새로운 세계
가 펼쳐질 테니. 그러나 절대 서두르지 마시라. 무릎이 기겁해 주
인을 바꿀지도 모르니.

지리산 장터목

함양
백무동
소지봉 ▲
천왕봉 ▲
장터목산장
제석봉 ▲
법계사
로터리대피소
유일폭포
중산리
진주

🚍 교통

중산리를 가려면 진주 종착지 버스를 타고 원지에서 내려, 중산리행 버스
로 바꿔 탄다. 중산리에서 장터목을 거쳐 백무동으로 하산하여 서울행 버
스를 이용하면 교통편은 무리 없다.

🏠 숙박

중산리와 백무동에 숙박 시설이 많다.

적멸시편

산에 가서 누구는
겸손을 배운다지만
산정(山頂)에 홀로 올라
사라짐을 배웁니다
바람 앞
티끌이 되어
흩어지는 나를 봅니다

어머니 가슴처럼 보드랍고 넉넉한 흙길

문경새재

강가에 여름 꽃이 무성하다. 여름 나무 잎과 여름 풀 때깔의 초록이 너무 짙어 먹울음 빛깔이다. 누가 이 무성함을 조경해놓았을까. 사과나무에 초록 풋사과가 매달려 아이 볼처럼 귀엽다. 여름 문경새재를 찾아가는 차창 밖 풍경은 잔잔한 바람무늬로 넘실대며 싱그럽고 안온하다.

문경(聞慶)이란 지명만 들어도 나는 반갑다. 지리산에서 진부령 찍고 향로봉까지 백두대간을 오가면서 정이 많이 들었던 곳이 문경이다. 대야산 아래 용추계곡 민박집에 지친 몸을 쉬게 해주던 친구 심만섭도 사귀었고 문경 버스 터미널 근처에 있는 대덕식당 민영주 아주머니도 눈비 맞고 흙투성이 된 우리 일행을 내치지 않고 안방까지 내주며 추위를 녹여주었다. 바지에 엉킨 흙덩이가 말라 떨어지면서 방 안이 엉망이 되었지만 한마디 싫은 소리도 하지 않았던 기억이 생생하다. 단골 택시 기사도 생겨 버스에서 내리면 낯설기는커녕 고향 같은 느낌을 받는다. 동로면을 거쳐 오르는 황장산을 갈 때는 흰둥이가 우리의 길을 안내했다. 눈 덮인 산길을 앞장서서 가던 흰둥이는 우리가 밧줄을 잡고 암벽을 넘을 때 동행하지 못함을 무척 애석해하며 애처로운 이별의 눈길을 보내주었다. 밧줄을 잡을 수 없는 흰둥이는 몇 번이고 암벽을 물러섰다가 다시 달려와 오르는 시도를 했지만 성공하지 못했다. 그 순한 흰둥이의 눈빛이 지금도 추억으로 아련하다. 그뿐 아니다. 포암산 하늘재에는 후배 시인 권갑하의 시 창작실 '산다시월(山茶詩月)'이 있어 마음 든든하다. 권갑하 시인은 매년 여름 그곳에서 시조 축제를 전국 규모로 열어 한바탕 신명 나는 잔치 마당을 연다.

이것으로 나의 문경 사랑은 끝이 아니다. 또 있고, 많다. 그중 빼놓을 수 없는 분이 계신다. 조선 막사발을 복원한 '문경요'의 천한봉 도예 명장이다. 그분이 빚은 막사발이 나의 시조 「잡기(雜器)」를 세상 속으로 끄집어내게 했다.

사발이 되려거든 막사발쯤 되어라

청자도 백자도 아닌 이도다완(井戶茶碗) 막사발

일본국 국보로 앉아 조선 숨결 증언하는

백성의 밥그릇이었다가

막걸리 사발이었다가

삐뚤삐뚤 생김새

거칠고도 투박하다

용처가 저잣거리라 잡기(雜器)라고 했던가

무사함이 귀인(貴人)이요, 단지 조작하지 마라*

임제록(臨濟錄)을 바친 그윽한 속뜻 있어

본색이 천것 아니라 백성의 밥이었거늘

*『임제록』의 한 구절을 일본인 무네요시[柳宗悅]가 이도다완에 바쳤다 함.

　－김영재,「잡기(雜器)」

천한봉 명장에게 바치는 의미에서 옮겨 적었다. 이것도 결례다.

걷다 말아도 좋고 끝까지 가면 더 좋고

　문경새재 옛길은 ▲옛길박물관－조령1관문(주흘관)－교귀정－
조령2관문(조곡관)－조령3관문(조령관)－조령산 휴양림까지 20여
리의, 맨발로 걷기 좋은 흙길 구간이다. 문경의 옛 이름은 문희(聞
喜)였다. '기쁜 소식을 듣는다'는 뜻이다. 지금의 지명 문경(聞慶)은
'경사스러운 소식을 듣는다'는 의미로 사람들의 마음속에 꽃봉오
리 하나씩을 피우게 하는 아름다운 작명이다.

　옛 고개 '문경새재' 의미를 짚어보고 걷는 맛도 걷는 일 못지않
게 즐겁다. 문경새재는 '문경'과 '새재[鳥嶺]'가 합쳐 만들어진 지
명이란 걸 눈치 느린 사람도 알 것이다. 이화령에서 조령산을 넘
어 암봉인 신성봉을 거쳐 제3관문인 조령관에 도착하면 만나는 지
점이 옛 고개 문경새재다. 경상북도 문경시 문경읍 상초리와 충청
북도 괴산군 연풍면 원풍리의 경계이며 두 곳을 이어주는 고개다.

그런데 그 고개가 예사스런 고개가 아니란 점이다.

관문(關門)이다. 세 개의 관문이 있다. 그게 옛 고개면 고개지 어떻다는 것인가. 그런데 그게 아니다. 관문이란 국경이나 요새의 성문, 국경이나 주요 지점의 통로에서 지나가는 사람들과 물품을 조사하는 관의 문, 국경이나 요새 등을 드나들기 위하여 반드시 거쳐야 하는 길목, 어떤 일을 하기 위해 반드시 거쳐야 하는 대목을 말한다. 그렇다면 문경새재 옛길에는 왜 하나도 아닌 세 개의 관문이 있단 말인가. 이 옛길을 나라에서 관리하고 그만큼 중하게 여겼다는 의미로 받아들여진다. 영남에서 한양으로, 한양에서 영남으로 이어지는, 관에서 관리하는 중요한 고개이며 군사적 요충지란 의미를 담게 된다. 그래서 문경새재는 영남대로 첫 관문이고 한양을 가기 위해 넘어야 하는 첫 시험지였다.

새들도 날갯짓하여 넘기 어려운 고개라 해서, 억새가 무성하게 우거진 고개라 해서(행정구역상 상초리다), 하늘재와 이우릿재(이화령) 사이에 있어서(사이=새), 또 새로(新) 만들었다 해서 새(新)재라는 등 새재 지명의 유래는 분분하다.

1592년 임진왜란 당시 일본 장수 고시니 유키나가(小西行長)가 대마도에서 출발해 동래포구에 상륙하여 조선의 심장부 한양으로 돌진하는 최단거리의 코스로 문경새재를 택했다. 밀양, 청도, 대구, 상주를 거침없이 휩쓸고 새재를 넘어 한양으로 진격한다. 당시 나라에서는 신립(申砬, 1546~1592) 장군에게 왜적을 막도록 명했으나, 새재 협곡을 뿌리치고 충주 탄금대에서 배수진을 쳐 적과 맞대결한 끝에 패하는 불운을 겪는다.

이 전투를 뼈아픈 교훈 삼아 조정에서는 2년 후인 1594년 새재 중간 협곡에 조곡관(제2관문)을 설관하여 왜적의 재침략을 대비한다. 그 후 1708년 숙종 때는 제1, 3관문을 설관하고 석성을 쌓았다. 1636년 청나라의 침략이 폭풍처럼 지나간 병자호란 후의 일이다. 이처럼 파란의 사연을 안고 있는 문경새재는 오늘도 의연하게 바람과 새소리를 안고 길손을 반기고 있다. 새재를 향해 걷는 길은 어머니의 젖가슴처럼 부드럽고 아량이 무한하다. 아픔만큼 그 품이 넓은 것은 우리들 어머니의 가슴을 닮은 것 같다.

장원급제의 길도 좋지만 '시(詩)의 길' 한 토막쯤은

문경새재 옛길은 쉼 없이 예스러움으로 거듭나고 있다. 20리 길의 흙길 가운데 옛길박물관에서 제1관문 사이의 백여 미터 아스팔트 길을 파헤치며 흙길 복원에 조용한 협곡이 메아리치고 있었다. 고마운 일이다. 맨발로 걸으시라고, 고운 흙 묻은 발 씻으시라고 발 씻는 물도 마련돼 있다. 함부로 계곡에 발 담그고 씻지 마시라는 배려도 포함돼 있다. 간절한 친절이며 친환경적이다.

문경새재 과거 길. 넉넉한 바위에 제1관문을 배경으로 낮게 자리 잡은 표지석을 바라보면 몸과 마음이 숙연해진다. 이 길을 밟으면 나도 과거를 보러 가는 것이다. 에헴! 마패 차고 졸 데리고 나도 어사 출두!를 외칠 순간은 시간문제렷다.

주흘관(主屹關)인 제1관문을 지날 때는 어깨에 힘을 주고 통과해

야 한다. 세 개의 관문 가운데 풍채로 보나 성곽의 든든함으로 보나 단연 으뜸이다. 이 문을 통과하면 그냥 걷고 싶은 길이 아닌 아장아장 걷거나 엉금엉금 기고 싶은 부드러운 흙길이 펼쳐진다. 그 길이 싫다면 숲 사이로 오솔길이 마련돼 있다. 계곡의 물소리가 너무 맑아 귓바퀴에 실금 같은 상처가 날까 걱정이다. 혜국사, 2관문, 3관문, 촬영장, 주흘산, 여궁폭포의 이정표도 헷갈린다. 어디로 가야 무릉도원인가. 그대가 서 있는 곳은 해발 244m.

지름틀바우(기름을 짜는 기름틀을 닮아 붙여진 바위 이름)를 지나면 왼쪽 계곡물에는 일급수에서 노니는 산천어들의 유영이 넋을 빼앗는다. 그 맑은 물 위에 꽃잎 하나 떠 있는 조화로움이라니. 어치, 직박구리, 곤줄박이, 개개비, 찌르레기…… 새들의 하모니도 환상이다. 그런데 갑자기 길을 막는 입간판 하나. 무주암(無主岩). 주인 없는 바위라니. 올라가 쉬는 사람이 임자인 바위. 옛날에 이 바위 아래 무인 주점이 있었는데 길손들은 술과 안주를 들고 무인

함에 술값을 넣고 바위에 올라앉아 목을 축이고 경관을 감상하고 땀을 식혔다. 바위는 넓고 잘생겨서 얼짱, 몸짱이다. 주인이 없어 장점이고 단점이다. 무주암 지나 오솔길 걷는데 비석 없는 무덤 한 기 나를 기다린다. 주위엔 중나리, 개망초, 까치수염, 산딸기, 그리고 어릴 때 동무 풀무치, 잠자리. 나는 그들과 이야기하며 해찰 부린다.

그 무렵 추억을 깨우는 휴대폰 소리. 마을 앞 방죽에 연꽃이 만개했으니 빨리 와 보라는 내용이다. 혼자 보기에 너무 아깝다는 선배의 말씀. 아, 그랬구나. 칠순이 넘었지만 아름다운 감성이 펄떡이는 노시인. 연꽃 만나러 가는 바람이 될거나, 연꽃 만나고 오는 바람이 될거나. 망설이는데 어디에서 들려오는 색소폰의 애절한 선율. 이 산속에 그 무슨?! 느린 몸짓으로 색소폰 소리를 찾아간다. 백발성성한 장발 노년의 색소폰 라이브였다. 주인공은 시와 차, 음악, 그리고 한잔의 여유로움을 권하는 옛길 첫 주막 팔왕휴게소 주인장 정순택 씨였다. "문경 시민의 질 향상은 예술 문화로 부터……" 슬로건을 내건 그는 단 한 사람의 손님이 막걸리 한 사 발 시켜놓고도 원한다면 색소폰 라이브를 한다는 것. 보아하니 세 명의 길손이 묵 한 접시 시켜놓고 박수 치고 있었다. 나도 덤으로 막걸리 반 되 얻어 마시고 묵 몇 점을 점심으로 때웠다. 셈을 하려 는데 색소폰 연주에 방해된다고 손사래 치는 바람에 쫓기듯 나왔다.

"하루 1번 이상 좋은 일 하고, 10번 이상 웃고, 100자 이상 쓰 고, 1,000자 이상 읽고, 10,000보 이상 걷자!"

"인생에 3가지 문제, 너무 빨리 찾아오는 죽음, 소득 없이 찾아오는 긴 노후, 질병 재해 발생."

이러한 경구를 주막 입구에 적어놓고 길손에게 읽고 가기를 서비스 차원에서 강요하고 있다. 옛길에서 만난 온고지신.

주막터를 지나 교귀정. 평지인 듯싶었지만 해발 318m. 오름길이지만 전혀 높이가 느껴지지 않는 여유로운 흙길이 이어진다. 교귀정은 조선시대 임금으로부터 명을 받은 신구 경상 감사가 업무를 인수인계하던 교인처로 1470년(성종 초) 건립되어 사용해오다

1896년 화재로 소실되어 터만 남아 있던 것을 1996년 6월에 복원한 건물이다. 용추약수를 지나고 예배굴을 지난다. 버들치와 갈겨니를 만난다. 소원성취탑엔 사연들이 쌓여 있다. 돌 하나라도 쌓고 간 선비는 장원급제하고, 몸이 아픈 사람은 낫고, 상인은 장사가 잘되고, 득남을 원하는 여인은 옥동자를 낳았다는 소원성취탑. '산불됴심비'는 정겹다. 정조 때 산불에 대한 경각심을 알리기 위해 세운 비다. 한글의 변천사도 엿본다. 시공을 초월한 공감대를 느낀다. 조곡폭포 직전에 물레가 돌고 시원스런 인공 폭포가 더위를 식혀준다. 곧바로 제2관문 조곡관이다. 점점 숲 그늘이 짙어지고 하늘은 파랗도록 높아진다. 소나무들의 키도 하늘 높이 곧게 뻗어 있다. 문경새재 고갯마루가 가까워지고 있다는 신호다. 백두대간 마루금 부봉의 6개 봉으로 가는 등산로 안내 표지판도 등장한다. 마른침을 다셔본다. 백두대간이란 네 글자를 보면 왜 심장이 뛰는 건지. 내 피는 아직 뜨겁다. 미끈하게 빠져 휘어지는 옛길의 모습이 여인의 허리를 타고 흐르는 곡선을 연상케 한다.

그 무렵 나는 분노한다. 참을 수 없는 노여움이 명치를 파고든다. V 자 소나무다. 아름드리 소나무에 V 자 상처 자국이 선명하다. 일제 말기(1943~1945)에 자원이 부족한 일본군이 한국인을 강제로 동원, 에너지원인 연료로 사용하기 위해 송진을 채취한 아픈 자국이 아물지 않은 흔적으로 남아 있다. V 자 소나무의 상처는 반달곰의 V 자가 아니다. 일본 관광객들을 영화 촬영지가 아닌 'V 자 소나무' 앞에 세워야 한다.

제3관문 1.2km. 해발 523m. 제법 고도를 높였다. 동화원 앞이다. 초록 풀숲에 하얀 개망초가 흐드러지게 피어 있다. 여름 땡볕 아래 하얗게 질린 듯 바람이 불면 건들거린다. 우리의 생애도 삶의 비바람 속에서 이렇듯 조금씩 또는 심하게 흔들리면서 깊어지는 것이려니.

이봐 우습구나 웃음도 우스울사
우습고 우스우니 웃음 겨워 못 하겠네
아마도 히히호호 하다가 허허허허 할세라

권섭(1671~1759)의 시가 길을 막는다. 그렇다. 이.봐.우.습.구.나. 여기서부터 장원급제의 길이 아닌 '시(詩)의 길'이 길손을 안내

한다. 칠성단이 있고 책바위, 감투바위가 있다. 백두대간으로 접어들면 마패봉이 있다. 장원급제만이 인생 전부가 아닐진저. 시의 감투, 시의 마패, 시의 어사가 인생의 참멋이 아닌지. 나는 혼자 장원급제의 길을 시의 길로 고집해본다. 발길마다 나무에 시가 주렁주렁 열려 있다. 문경시의 배려다. 금의환향 길도 좋다. 그렇지만 문경새재 옛길에 어깨 축 늘어져 귀향하는 선비를 위로하기 위해 호젓한 오솔길 한 토막에 '시의 길' 문패 하나쯤 걸어두는 게 어떠할지.

문경새재를 찬양하고 슬퍼한 이름 없는 시인 묵객이 얼마나 많았겠는가. 나 또한 시로 장원급제하여 문경새재를 넘고 있지 않은가. 한여름 숲길을 걸으며 멀쩡한 정신으로 드리는 말씀.

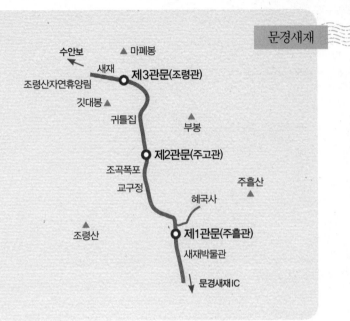

🚗 교통

동서울터미널에서 문경까지 고속버스를 이용해, 문경에서 버스나 택시를 이용. 자가운전은 중부내륙고속도로 문경IC로 나와 3번 국도를 달린다.

🏠 숙박

문경읍과 문경새재 입구에 숙박 시설이 여럿 있다.

추석 전야, 어머니

섬진강, 그 가난한 마을 속으로
밤 기차가 지나간다

섬진강, 그 가난한 마을 속으로
마지막 버스가 지나간다

내 설움,
여기쯤에서 그만둘 걸 그랬다

한국의 옛길 역사가 녹아 있는 길

문경 토끼비리

　길은 걷지 않으면 사라진다. 경북 문경시 마성면 신현리에 있는 명승지 제31호인 토끼비리가 그러하다. 허물어지고 지워져 역사의 흔적에서 사라지고 사람들의 관심조차 없었던 옛길 토끼비리가 1980년대 『영남대로』를 쓴 최영준 고려대 명예교수에 의해 다시 발견되기 전까지는 그랬다는 것이다. "이 길에는 한국의 모든 옛길 역사가 녹아 있다"라고 토끼비리를 발견한 최 교수는 기록했다. 불과 3km 정도의 천도(遷道, 하천 변의 절벽에 건설한 길)인 이 길 속에 옛길 역사가 녹아 있단 말인가. 길이 간직하고 있는 역사, 길이 보여주는 축대 공법, 수많은 사람이 오고 가며 남긴 사연이 이 짧은 구간에 고스란히 담겨 있다니 놀랍고 궁금하다.

　길은 경북 문경시 가은면에서 흘러오는 영강이 문경새재에서 내려오는 조령천과 합수되는 진남교반에서부터 산간 협곡을 S 자 모양으로 돌아 흐르면서 만들어진 아찔한 벼랑에 나 있다. 이 좁고 위태로운 벼랑길이 한양에서 부산으로 가는 영남대로라니 더욱 놀랍고 믿기지 않는다. 영남대로 옛길 중에 가장 험난한 구간이며 이 길을 통과하지 않고는 한양에서 부산으로, 영남에서 충청이북으로 오고 갈 수 없었다니 갑자기 숙연해진다. 조심스레 발걸음을 내딛는다.

토끼가 벼랑을 따라 달아났다

독자의 이해를 돕기 위해 '토끼비리' 뜻부터 풀어본다. '비리'란 강이나 바닷가의 위험한 낭떠러지를 말하는 '벼루'의 경상도 방언이다. 해서 토끼비리는 '토끼벼루'나 '토끼벼랑'으로 옮겨 이해하면 쉬워진다. 토끼가 갔던 벼랑이다. 토끼가 갔던 길인 토천(兎遷), 즉 토끼 길이며 벼랑으로 갔다 해서 토끼비리로 불리고 있다. 『신증동국여지승람』에 그 지명 유래가 전해진다.

"고려 태조 왕건이 견훤과 전투를 벌이며 남하하다 이곳에 이르렀다. 절벽과 낭떠러지에 길이 막혀 여기저기를 헤매고 있었다. 그때 토끼 한 마리가 벼랑을 따라 달아나는 것을 보고 쫓아가 보니 길을 낼 만한 곳이 보였다. 토끼가 지나간 길을 따라 벼랑을 잘라 길을 냈다."

토끼비리 옛길을 가기 위해 서울을 기점으로 안내하자면 경부·중부고속도로에서 영동고속도로로 진입, 다시 중부내륙고속도로를 달리다 문경새재IC로 나간다. 3번 국도 점촌 방향으로 가다 진남휴게소에서 U턴을 받아 1km쯤 되돌아오면 오른쪽으로 '고

모산성' 이정표가 있다. 이정표를 따라 500m가량 진입하면 주차
장이다. 아니면 진남휴게소를 기점으로 진남교반을 둘러보고 곧
바로 고모산성으로 오를 수 있다. 나는 주차장에 차를 세우고 돌
고개[石峴]를 넘는다. 잘 정돈된 길 복판에 차량 진입을 막기 위해
커다란 바위가 있고 성황당과 소원을 빌며 쌓아놓은 돌탑과 신령
스러운 당산나무가 반긴다. 곧바로 두 갈래 길이 나오는데 오른쪽
은 고모산성을 오르는 길이고 직진하면 주막거리를 지나 석현성
진남문, 토끼비리로 향한다.

　　주막거리에는 조선시대 주막 풍속화인 신윤복과 김홍도의 주막
그림을 곁들여 영순주막과 삼강주막을 복원해놓았다. 여느 주막

도 마찬가지였겠지만 돌고개주막은 오고 가는 길손들의 휴식처로 술과 식당 여관을 겸한 곳이었다. 특히 돌고개는 영남대로 구간 중 통행이 가장 많아 오래전부터 주막거리가 형성되었다. 그래서 문경시에서는 발굴 조사를 실시하여 문경에 남아 있는 마지막 주막인 영순주막과 예천에 남아 있는 마지막 주막인 삼강주막을 원형 그대로 복원해 관광자원으로 연결시켰다.

옛 고개는 어디나 전설 하나쯤은 있기 마련이다. 돌고개라 해서 없으란 법 없다. 돌고개는 '꿀떡고개' 또는 '꼴딱고개'로도 불렸다. 과거를 보러 한양으로 가는 선비들이 이 꿀떡고개에서 꼭 꿀떡을 먹어야 과거에 급제하여 금의환향한다는 소문이 있었다. 꿀

떡같이 과거에 붙으라는 지극한 의미를 지니고 있다. 꼴딱고개는 험난한 토끼비리를 통과하면서 숨이 꼴딱꼴딱했다 해서 꼴딱고개라 했다는 것. 급경사 산행길이 코에 닿을 것 같다 해서 '코재'란 별칭을 얻은 것과 비슷하다.

주막거리를 벗어나면 석현성이 양팔 대형으로 펼쳐진다. 정중앙에 진남문(鎭南門)이 있다. 남쪽을 진압한다는 의지가 담겨 있다. 임진왜란 이후에 세운 성이다. 고모산성 남문과 연결돼 있다. 임진왜란 당시 문경새재 세 개의 관문이 허망하게 뚫린 비극을 곱씹으며 적을 퇴치하기 위해 문경새재 관문의 남쪽에 전진 배치해 축성했다. 행운인지 불운인지 모르지만 축성 후 실전은 한 번도 없었다. 진남문을 통과해 반듯한 돌로 꾸민 S 자형 길을 따라가면 소나무 숲을 만난다. 그 지점에 '영남대로 옛길' 표지판이 서 있고 큰 글씨 아래 작은 글씨로 토끼벼루 '토천·관갑천(串岬遷)' 화살표를 따라가면 석현성 돌담을 따라 샛길이 이어진다. 석현성이 끝나는 지점에 이르면 토끼비리의 위험한 벼랑이 발길을 섬뜩 멈추게 한다. 오른쪽은 아찔한 낭떠러지요, 왼쪽은 가파른 바위가 위압적이다.

천도(遷道), 벼랑, 낭떠러지 길의 시작이다. 조금 전에 걸었던 흙길이 아니다. 진남문에서 오정산과 영강으로 이어지는 벼랑에 인공적으로 개설한 잔도(棧道, 험한 산의 낭떠러지 사이에 다리를 놓듯이 하여 낸 길), 영남대로 중 가장 험난한 길의 초입에 내가 서 있다. 벼랑길에서 내려다본 영강과 강 건너 풍치가 참으로 아름답다. 아름다움은 쉽게 얻어지는 것이 아님을 실감한다. 얼마 걷지 않았지

성현성 돌담을 따라
옛길이 이어진다

만 땀이 비 오듯 흐른다. 벼랑의 석회암 바위를 U 자형으로 파서 길을 냈다. 매끄럽고 반진반질하다. 옛사람들이 얼마나 다녔으면 윤이 날 정도로 반질거리고 매끄러워졌을까. 이 길로 말이 다녔고 가마가 지나갔을 거란 상상을 해보지만 쉽지 않다. 승복이 되질 않는다. 그러나 인정해야 한다. 석회암을 깎아 만든 길은 옛날 그대로 고스란히 남아 폭 2~3m쯤 된다. 바윗길이 아닌 흙길은 축대를 쌓고 다져 만들었지만 세월의 풍파에 축대가 무너지고 토사가 흘러내려 아예 길이 자취를 감췄거나 한 사람이 겨우 다닐 정도로 명맥을 유지하고 있다. 그렇다 해도 토끼비리는 끊어질 듯 이어지면서 영남대로의 면모로 되살아나고 있다.

발바닥이 간질간질하다. 한눈을 팔 수 없다. 20~30m는 족히

150

되는 듯한 급한 경사면에 떡갈나무 굴참나무들이 버티고 서서 영
강에서 불어오는 바람에 이파리를 살랑거린다. 직벽에 가까운 휘
어진 길에는 문경시에서 나무다리를 설치해 탐방객들의 안전을
보호하고 있다. 이 나무다리도 설치한 지가 오래되어 군데군데 부
실해져 있다. 통행을 제한하는 안내문도 서 있다.

> 요새는 함곡관처럼 웅장하고
> 험한 길 촉도같이 기이하네
> 넘어지는 것은 빨리 가기 때문이요
> 기어가니 늦다고 꾸짖지는 말게나
>   − 어변갑, 「관갑의 사다리길」

　조선 초기의 문신 어변갑이 토끼비리를 지나며 쓴 시인데 이 짧
은 구간을 통과하는 일이 얼마나 힘에 겨웠는지를 말해준다.

> 꼬불꼬불 양 창자 같은 길이여
> 꾸불꾸불 오솔길 기이키도 하여라
> 봉우리마다 그 경치도 빼어나서
> 내 가는 길을 막아 더디게 하네
>   − 서거정, 「관갑잔도」

> 사다리길이 구름 밖에 얽혀 있으니
> 계곡 산천이 이렇게도 기이하구나

굼뜬 말은 빠른 걸음 자랑하다가

여기에 와서는 천천히 걸어가네

　－김종직, 「관갑의 사다리길」

　　　　　　　　．

　조선시대 이 길을 지나간 이들마다 험난함을 탄하며 주변의 풍
광에는 찬하는 시를 지었으니 그 당시 길의 명성은 어떠했을까.
바윗길과 흙길, 나무다리를 번갈아 지나고 '유인남양홍씨지묘'라
는 비석이 서 있는 묘를 지나면 토끼비리 잔도 마루에 도착한다.
여기까지다, 짧지만 험난했던 토끼가 갔던 길의 거리는. 직진하면
영강, 왼쪽으로 오르면 오정산 등산로, 오른쪽은 병풍바위 방향

이다. 병풍바위 쪽 능선을 오르면 길의 역사가 한눈에 내려다보인다. 발아래는 경북팔경 중 제1경으로 선정된 진남교반의 절벽이며 그 절벽을 휘감고 도는 영강이 흐르고 있다. 그 풍광은 뒤돌아가 고모산성 정상에서 멀리 감상하기로 하고 나뭇가지 사이로 펼쳐진 네 가닥 길을 바라본다. 내가 딛고 있는 영남대로까지 합한다면 다섯 가닥의 길을 숨 쉬고 있는 것이다. 가은선 옛 철길, 신작로, 2차선 국도, 4차선 국도 등 네 개의 길이 속도의 부추김을 받아 연이어 만들어지고 용도 처분되고 있었다.

서울 가는 가장 짧은 거리

가던 길을 다시 되짚어 걸었다. 이번에는 갈 때와 달리 왼쪽 발이 위태롭다. 왼발을 헛딛기라도 하면 좌르르 미끄러져 강바닥에 침투할 것 같다. 그러나 염려하지 말라고 내가 나에게 안심시킨다. 더 험난한 백두대간을 넘고 넘지 않았는가. 그런 위험은 미뤄두고 갈 때와 달리 엉뚱한 생각이 들었다. 옛사람들은 왜 굳이 이 험난한 지점에 길을 만들었을까. 이웃 동네를 오가는 샛길도 아닌 한양으로 통하는 영남대로를, 무수히 많은 사람이 이용해야 했을 큰길에 험난한 코스를 끼워 넣었을까. 담력 시험도 아니고 난이도 높은 트레킹 코스도 아닐 바에 필시 곡절이 있을 터.

〈대동여지도〉를 보면 영남대로는 부산에서 대구, 문경새재, 충주, 용인을 지나 서울로 이어져 있다. 거리는 약 960리(384km). 실

지붕 없는 고모산성 남문

네 개의 길이 교차하는 진남교반

제로 이 길의 끝에서 끝까지 걸어서 가면 약 14일이 걸렸다. 영남 지역에서 서울로 가는 길은 영남대로 외에도 영천과 안동을 지나 죽령을 넘어 서울로 가는 영남좌로와 김천을 지나 추풍령을 넘어서 가는 영남우로가 있었다. 이 길로 서울까지 가면 영남좌로는 15일, 영남우로는 16일이 걸렸다. 영남 지역에서 한양을 가는 가장 빠른 길이 영남대로인 셈.

그렇다면 경부고속도로의 길이는 얼마인가. 450km다. 영남대로보다 66km가 더 길다. 답은 거기에 있었다. 우리 선조들은 한양에서 부산까지 가장 빠른 길을 알고 있었다. 옛길을 걸으면 선조의 지혜를 느낄 수 있다는 참된 의미를 깨우치게 하는 대목이다. 산허리를 동강 내고 산맥을 뚫어 자연 파괴를 동반한 오늘의 길과 자연에 순응하면서 길을 냈던 옛길의 차이가 머릿속에 잡힌다.

1744년 권응신이 그린 토끼비리의 복사 그림에는 산허리를 사람들이 아슬아슬하게 지나가는 모습이 있다. 이를 뒤로하고 진남문 2층 누각에서 하늘에 떠가는 흰 구름을 감상하고 시원하게 불어오는 산바람에 땀을 말리며 물 한 모금 마시고 석현성 계단을 따라 고모산성으로 오른다. 고모산성은 할미산성, 할매산성이라고도 하는데 고모할미가 하룻밤에 축조했다는 전설이 있고, 연대는 정확하지 않으나 신라가 고구려의 침입을 막기 위해 삼국시대 초기인 2세기경 축조한 것으로 추정하고 있다. 산성에서 북쪽을 바라보면 주흘산 이남이 한눈에 보인다. 남쪽으로는 불정 지역 외의 다른 곳으로 길을 낼 수 없어 반드시 통과해야 하는 길목이다. 임진왜란, 동학농민운동, 한말에는 문경 가은 출신 의병장 이강년에 의해 의병 항쟁 시 전략적 요충지로 많이 이용된 곳이다.

산성 높이에서 바라보면 영강이 병풍바위로 휘돌면서 만들어놓은 천연 절벽의 모습이 아름답다. 그 위로 나 있을 토끼비리의 아찔함도 드라마틱하다. 4차선 3번 국도가 병풍바위를 관통하고 있는 모습은 현대인의 폭력성을 유감없이 보여준다. 신작로를 만들었다가 2차선 도로로 산굽이를 여유롭게 돌더니, 그것이 성에 차지 않았는지 아예 4차선 직선으로 산을 관통해버린 것이다. 이곳이 경북팔경 중 제1경에 속하는 진남교반의 오늘의 모습이다. 고모산성 남문 성벽 아래 짱돌이 쌓여 있다. 서문에서 나온 짱돌들로 유사시 무기로 사용한 것으로 추정된다. 짱돌이 무기였던 시절, 성문 지붕 없이 산성이 축조된 것이다. 파란의 역사를 고모산성은 알고 있을 터. 지붕 없는 성문 위로 흰 구름 흰 그림자가 조용히 흘러간다.

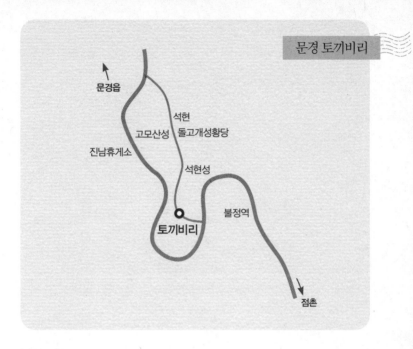

문경 토끼비리

🚌 교통

중부내륙고속도로 문경IC로 나온다. 점촌 방향으로 가다 진남휴게소에서
U턴, 1km쯤 가면 고모산성 이정표가 보인다.

🏠 숙박

진남역 주변의 펜션과 민박집 이용.

떠나라

떠나라 그대 떠나서
그쯤에서 걷는 일

걸어왔던 먼 길을
혼자서 돌아보라

벼랑도 그리울 것이니

참았던 눈물 힘이 되리니

길 위의 길을 걷는다

광주 무등산 옛길

무등산의 이름은 무돌뫼, 무당산에서 무진악(武珍岳), 서석산(瑞石山)으로 불려오다 오늘에 이르렀다. 그 속내를 살펴보면 백제 이전까지는 무돌이나 무당산이라 했는데, 무돌은 '무지개를 뿜는 돌'이란 의미가 담긴 순수 우리 옛말의 조어다. 무돌이 백제 때로 오면서 무돌의 '무'는 한자음의 '무(武)'로 표기하고 '돌'은 상서로운 돌이란 의미를 부여해 '진(珍)'으로 쓰면서 '무진'이란 작명이 이뤄졌다. 그런 연유로 백제시대에 와서 지금의 광주를 '무진주(武珍州)'로, 무등산을 '무진악(武珍岳)'으로 부르게 됐다. '광주(光州)'란 지명은 940년(고려 태조 23)에 등장한다. 통일신라시대에도 무돌을 한자에서 음과 뜻을 차용해 무진악, 무악으로 명명하다가 고려로 넘어오면서 서석산이란 또 다른 이름과 함께 무등산이란 이름을 썼다.

『삼국사기』에 무진악이란 기록이 나오며 무등산이란 이름은 조선 초에 쓴 『고려사』에 기록돼 있다. 『고려사』 지리지에 나오는

"유무등산 일운 무진악, 일운 서석산(有無等山 一云 武珍岳, 一云 瑞石山)……"이란 기록으로 볼 때 무등산을 무진악이라 부르기도 하고, 서석산이라 부르기도 했음을 알 수 있다. 이런 기록을 바탕으로 유추하면 무등산은 조선이 건국되기 이전에 무등산이란 이름으로 불렸던 것으로 볼 수 있다. 고려 때부터 불린 무등산이란 이름은 '비할 데 없이 높은 산', 또는 '등급을 매길 수 없는 산'이란

뜻으로 풀이된다. 무당산의 '당'에서 음이 비슷한 한자를 따서 '등'으로 바꾸어 무등산이 됐다는 설이 지배적이다.

또 다른 설은 불교적 가치를 설명한 이름일 것이라는 주장이다. '무유등등(無有等等)'은 부처님네 세간은 모든 중생과 같지 않으므로 무등(無等)이요, '무등등(無等等)'은 부처님은 가장 높은 자리에 있어서 견줄 이가 없다는 뜻이라 하니 무등산은 불교의 이 말을 빌려다 이름으로 삼아 불교적 가치를 더욱 높였다는 해석이다. 이

주장에 걸맞게 무등산은 불교적 인연이 많다. 많은 사찰과 고승들의 전설이 깃들어 있다. 경관 좋은 자리마다 불교적 명칭이 남아있다. 지왕봉을 비로봉, 인왕봉을 반야봉으로 부르는 등에서 그 흔적을 찾을 수 있다.

황소걸음으로 시작해볼거나

전라남도 도립공원 무등산. 해발 1187m. 광주광역시 동구, 북구, 전남 화순군 화순읍, 이서면, 담양군 남면에 맞물려 있는 산. 별칭은 무진악(무돌뫼), 무당산, 무덤산, 무정산, 서석산 등이다. 무진악은 무돌의 이두음으로 신라 때부터 쓰인 이름. 서석산은 고려 때 붙여진 이름으로 '상서로운 돌'이란 뜻. 서석대와 연관 지어 붙여진 별칭. 무당산은 '신령스런 산'이란 의미를 지녔는데 옛사람들은 신적인 산으로 보았다. 무덤산이란 무등산이 홑산으로 이뤄져 있어 그 모습이 둥근 무덤처럼 생겼기에 붙여졌다. 무정산은 태조 이성계가 왕명에 불복한 산이라 해서 내린 이름이라 전해진다. 이성계가 고려를 빼앗고 전국 명산을 찾아가 기도 올릴 때, 지리산에서 소지가 날아오르지 않자 지리산을 불복산, 반역산이라 분노한 것에 비하면 무정산이란 명칭은 조금은 아량이 있는 듯하다.

'광주의 진산이며 포근하고 후덕한 어머니의 산', '도심 10km 이내에 해발 1000m 이상을 자랑하는 세계적인 산'이라 광주 시민들의 자랑이 푸짐한 무등산에 옛길이 복원돼 광주시의 명소로 이미 떠올랐다. 총길이는 무등산의 높이 1187m 숫자에 맞춘 11.87km다. 물론 약간 억지가 있지만 그 정도는 애교로 충분히 봐줄 만하고 무등산 높이와 옛길의 길이를 기억하기도 좋다. 무등산 옛길을 탐방하려면 전국 각지에서 광주시로 가야 한다. 고속버스와 열차를 이용해 광주에 도착하여 산수동 오거리로 간다. 터미널에서 광주역을 거쳐 원효사까지 운행하는 1187번 버스를 이용한다. (택시를 타는 건 자유다.) 버스 번호도 무등산 높이 및 옛길 길이와 같다.

내가 걸었던 다른 옛길들은 마을을 벗어나 산자락 아래서 시작됐지만 무등산 옛길은 아예 광주시 동구 산수동 오거리 시내에서 시작이다. 무등산 옛길은 세 구간으로 나뉜다. 1구간은 산수동 오거리에서 원효사까지 7.75km, 2구간은 원효사에서 서석대까지 4.12km다. 개통을 앞두고 있는 3구간은 환벽당—소쇄원—식영정—명옥헌에 이르는 15km의 가사문학권 코스로 역사와 문화를 체험하는 길이다. 북적거리는 사람들이 오가는 도로를 따라 걸으면 장원초교 건너편으로 만남의광장이 있고 제2순환도로 굴다리를 통과하면 무등파크맨션이다. 큰길을 건너면 무등산 옛길 표지판이 서 있고 곧바로 골목길이다. 사람 두엇 지나갈 정도의 골목은 옛집들의 담과 담 사잇길로 도시의 감춰진 뒷모습을 보는 듯하다. 순간, 뜨악하고 혼란스럽다. 번화한 도시의 골목은 이렇게 살아 있다는 칙칙함이 스쳐 간다. 그러나 곧바로 산자락이 초록의 발판을 내밀어 나그네를 안내한다. 탱자 울타리를 타고 오는 능소화가 빨갛게 늦더위를 이겨내며 웃는다. 오래된 돌담에 담쟁이가 초록

하늘을 날고 싶은 솟대

기운으로 기어오르고 사철나무의 잎이 짙다. 옛 산길이 본격적으로 시작된다. 무등산 옛길은 여기서부터가 맞다. 그러나 광주시에서 무등산 높이의 숫자 '1187m'와 짝짓기 하기 위해 산수동 오거리부터 옛길을 이어놓은 것이다. 그 발상이 밉지는 않다. 앞서 가는 마케팅이란 생각을 해본다. 약간 언덕을 오르니 평지처럼 실뱀 같은 길이 잣나무 숲 사이로 꼬리를 감춘다. 밭두렁에 토란 잎이

활짝 얼굴을 펴고 노랑 코스모스가 흔들린다.

황소걸음길로 접어들었다. 산마을 사람들과 무등산을 오가는 사람들의 옛길 초입이다. 황소 팔러 가는 농부, 지게를 진 나무꾼, 등짐을 진 상인, 봇짐을 인 아낙, 책을 낀 선비 등 많은 사람이 이 길을 걸었다. 바삐바삐, 빨리빨리가 아닌 느릿느릿 옛사람들이 자연을 벗 삼아 삶의 애환을 이야기하며 황소처럼 느리게 걸었을 이 길을 나도 느리게 걷는다. 그렇게 무상무념으로 걷는데 표지판 하나가 서 있다. "옛길에서는 쇠지팡이(스틱)가 필요 없습니다"란 문구가 스틱 그림과 함께 쓰여 있다. "선조들의 길에 상처를 주는 스틱 사용을 자제합시다"란 작은 글씨와 함께. 아, 옛길에 대한 아름다운 배려! 광주 사람들의 유별난 무등산 사랑은 울림이 아닌 감동이다. 감성이 살아 있는 서정. 광주에는 무등산 보존 단체가 50여 개나 있다는 사실이 부럽다. 길이 조금 가파르면서 습기 많은 날씨 탓에 온몸이 땀으로 젖는다. 굿당을 지나 계단을 오른다. 무진고성(武珍古城) 터가 있는 잣고개다. 갑자기 오른 헐떡임을 못 이긴 사람들은 눈물고개라고도 했다. 옛날 화순 동복, 담양 사람들이 잣고개를 넘어 광주 양동시장과 대인시장에 황소를 팔고 돌아가는 길에 산적을 만나 소 판 돈을 털렸던 고개이기도 하다.

무진고성 터에서 내려다보면 광주 시내가 한눈에 들어오는데 오늘은 아니다. 안개 속이다. 땀이 줄줄 흐를 뿐이다. 무진고성은 장원봉을 중심으로 잣고개의 장대봉과 제4수원지 안쪽의 산 능선을 따라 쌓은 남북 1000m, 동서 500m, 둘레 3500m의 타원형 산성이다. 성은 바깥 면만 돌로 쌓고, 그 안은 돌과 흙을 섞어 채웠다. 1988~89년 두 차례 발굴 조사 결과 신라 하대에 처음 축성했으며 부분적으로 보수해 고려시대까지 사용했음이 밝혀졌다. 성을 쌓았을 때 광주를 무진주라 했으므로 성의 이름이 무진고성이다.

사람의 일이나 산길이나 올랐으면 내려가는 법. 옛길은 편백나무 숲을 따라 하강한다. 내리막길도 땀은 멈추지 않는다. 워낙 습한 날에다 고온이다. 아스팔트 도로인 무등로가 따라온다. 그때 만난 사연 하나에 걸음을 멈춘다. 소금장수묘다. 이 지점은 소금장수길이다. 소금장수묘 비석이 서 있고 그 옆에 북바위가 북 모양으로 놓여 있다. 소금 장수의 스토리는 이러하다. 영산강을 거

물봉선

슬러 광주로 들어온 소금을 무등산 산간 마을에 팔러 다니던 소금
장수가 숨을 거두자 이를 가련히 여겨 양지바른 곳에 묻어주고,
귀한 소금을 가져다준 공덕을 기려 묘에 절을 하며 행인이 지나갔
다. 묘 옆에 놓인 북바위를 세 번 두들기고 절을 세 번 하면 가파
른 고개를 넘을 때 다리가 아프지 않았다는 설화가 전해진다. 혹여
이곳에 오시거든 세 번의 절과 세 번의 북 두드림을 잊지 마시길.
  아스팔트 도로에 끊긴 옛길을 복원해놓고 안내판을 세워놓았
다. 끊어진 옛길을 복원한 곳으로 자연을 배려하여 탐방로 폭을
최소화하였다. 불편하시더라도 많은 이해 바란다는 요지다. 그러
했다. 신작로에 빼앗긴 옛길을 산비탈에 새로 내어 이어갔다. 옛

길 왼쪽 아래 아스팔트 길로 차들이 달린다. "달리는 차보다 천천히 걷는 우리가 더 행복합니다", "길 위에 길이 있다"라는 팻말이 걷는 이들을 위로한다. 굳이 그런 배려는 없어도 될 듯싶었다. 길은 걷는 자의 자산이니까. 나무 그늘 습지를 지나며 물봉선 군락을 만나 한참을 놀았다. 아침 안개를 머금고 젖어 있는 꽃잎이 요염하다. 자연이 선물한 아름다운 색채가 황홀하다. '연인의 길, 약속의 다리'라 이름한 제4수원지(석곡수원지)를 지나는 청암교를 건너며 바라본 풍경, 수면에 떠 있는 아름다운 산 그림자에 넋을 빼앗긴다.

김삿갓이 화순 적벽으로 가면서 걸었던 길

청암교를 건너면 청풍쉼터 삼거리다. 이 다리 위에서만은 옛길과 도로가 함께해야 한다. 쉼터는 소공원으로 조성돼 있으며 옛길은 공원을 거쳐 다시 숲으로 이어진다.

무등산이 높다 하되 소나무 아래 있고
적벽강이 깊다 하되 모래 위에 흐른다
  −김삿갓

소나무와 소나무 잣나무와 잣나무가
바위와 바위를 돌고 돌아

물과 물 산과 산이 곳곳마다 절경이네
-김삿갓

난고 김병연 시비가 세워진 김삿갓길을 걷는다. 세 번 꽃이 피면 쌀밥을 먹는다는 배롱나무가 선홍빛 꽃을 토해내고 있다. 여름날도 끝물로 가는가 보다. 김삿갓(1807~1863)이 걸었던 길을 나도 시인묵객, 풍류호걸이 되어 걷는다. 이 길로 화순 적벽으로 가버릴까. 유혹을 뿌리치고 덕봉(448m)으로 향하는 나무꾼길을 오른다. 오르자마자 직선 깔딱이다. 땀이 한바가지다. "무등산 옛길 3구간(덕봉으로 오르는 길)은 경사가 심하므로 산행 경험이 부족하신분은 옛길 1구간으로 가십시오"라는 경고문을 무시하고 올랐더니 땀 세례를 받는다. 덕봉 오르는 길은 오랜 옛날 땔감이 없을 때조상들이 나뭇짐을 지고 힘겹게 오른 산이다. 나뭇짐을 지고 올랐던 조상들을 생각하며 끈기 있게 오르라는 격문도 있다. 얼마를 올랐을까. 나무꾼 쉼터가 나타났다. 남쪽으로 무등산 정상 삼봉과전면에 낙타봉, 장원봉이 마주 보이는 장소다. 나무꾼들이 이곳에서 쉬었다가 해 질 무렵에 내려갔다. 무등을 바라보았지만 봉우리는커녕 안개뿐이다. 땀 나고 목마르고 배고프다. 아침을 먹어야겠다. 나무꾼 쉼터에 주저앉아 김밥과 생수로 배를 채운다. 살 것 같다. 나는 해 질 무렵까지 기다릴 수 없다. 덕봉 정상에 올랐더니충장사가 손짓한다. 덕봉은 옛길 구간 중 다리품을 사양하는 사람은 가볍게 비껴가도 되는 코스다. 내리막길을 지나는 숲은 단풍나무들이 반긴다. 그 나무 아래 누워 하늘 한번 보고 싶지만 날씨가

허락하지 않는다. 아쉽다. 도로와 다시 만난다. 담양 방향은 아직 개통되지 않은 시가(詩歌)문화권이다. 원효사 방향으로 접어든다. '숲 속의 길'로 이어지는데 중간에 초가 정자도 있고 이끼 낀 돌무더기도 있다. 원효봉 너덜겅까지 왔다. 원효봉에서 흘러내린 돌무더기로 돌밭을 이룬 곳이다. 무등산 정상이 한눈에 들어오는 경관 좋은 명당이다. 그런데 오늘은 그 명당이 이름값을 할 수 없다. 안

개 탓이다. 마음의 짐을 내려놓고 수억 년의 세월을 기억하고 있
는 너덜에 앉아 옛 정취에 취해보는 수밖에 더는 욕심을 내지 않
기로 했다. 조금 전에 걸었던 숲 속의 길은 말 그대로 숲의 터널이
었다. 산죽과 소나무, 오리나무, 서어나무 등 다양한 수종의 숲길
을 지나서 원효사 일주문을 거쳐 무등산 관리사무소에 도착했다.
무등산 옛길 1구간 끝이다. 2구간은 서석대까지 4.12km다. 옛길
이라기보다 등산 코스로 세 시간 정도 걸린다. 걷는 길이 부족하
면 오를 것이고, 만족하면 하산해도 좋다. 하산 길은 1187번 버스
를 타고 드라이브를 즐긴다. 선택은 자유다.

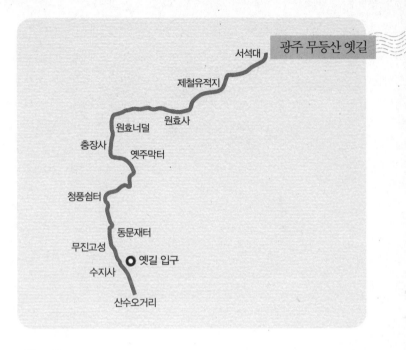

광주 무등산 옛길

서석대
제철유적지
원효사
원효너덜
충장사
옛주막터
청풍쉼터
동문재터
무진고성
옛길 입구
수지사
산수오거리

🚗 교통

기차나 고속버스를 이용해 광주에 도착하여 산수오거리부터 걷는다(1구간). 시내버스 1187번을 이용하면 2구간으로 곧바로 접어든다.

🏠 숙박

광주 시내와 공원관리사무소가 있는 집단시설 지구에 숙박·음식 시설이 여럿 있다.

고요

－물봉선

안개비 한 입 적셔 다물지 않기로 했다

계곡물 졸졸대며 유선(乳腺) 타고 오르는

한낮의 고요 속으로 고요가 되는 순수

그리우면 물가로 다시 가리

안동 퇴계 오솔길

조선시대 선비들의 사랑을 유달리 많이 받았던 산. 낙동강 상류
에 수려하게 솟아 있는 산. 청량산(870m)이다. 조선 선비들은 시
와 산행기를 통해 하나같이 청량산의 아름다움을 찬양했다. 최초
의 서원 소수서원을 개원한 풍기 군수 주세붕이 청량산을 등정하
고 쓴 『유청량산록(遊淸凉山錄)』이후 청량산을 글감으로 쓴 시가
천여 수, 기행문이 백여 편에 달했다. 산세가 빼어나 작은 금강산
으로 불리는 청량산은 행정구역상 경북 봉화군 명호면에 있다. 산
세는 재산면과 안동 도산·예안까지 뻗어 있어 안동 사람들은 등
기는 봉화군 산이지만 실제 주인은 안동이라며 청량산은 안동의
산이라 고집한다. 봉화에 가면 봉화의 산이고 안동에 가면 안동의
산으로 청량산은 오늘에도 사랑을 듬뿍 받고 있다. 어디 봉화·안
동뿐이겠는가. 대한민국 전역에서 산꾼은 산꾼대로 여행자는 여
행자대로 청량산을 사랑하고 '자기 소유'라 주장하고 있다.

청량산 육육봉은 아는 이 나와 백구

백구야 날 속이랴 못 믿을손 도화로다

도화야 물 따라 가지 마라 어주자(漁舟子) 알까 하노라

— 퇴계, 「청량산가(歌)」

어주자(漁舟子). 고기 잡는 어부가 청량산의 아름다움을 소문내 사람들이 몰려들면 그 빼어남이 훼손될까 염려한 퇴계의 애틋한 욕심(?)이 감탄과 함께 오롯이 깃든 시다.

도산서원

퇴계가 아름다움을 노래하지 않았다 해도 청량산은 계절 따라 변하는 그 아름다운 유혹을 뿌리칠 수 없는 산이다. 병풍으로 펼쳐진 열두 봉우리는 화려하고 품격 높은 유화 그림이다. 선인들의 눈에 청량산은 어떤 모습으로 구체화되었을까. 주세붕은 "규모는 작으나 선경(仙境)의 명산"이라 찬했고, 퇴계 이황은 "청량산을 가 보지 않고서는 선비 노릇을 할 수 없다"라고 극찬했다. 『택리지』의 저자인 조선 중기 실학자 이중환은 "청량산은 백두대간 밖의 4대 명산 중에 하나이고, 우리나라 12명산에 든다"라고 칭송했다. 열두 개의 빼어난 암봉으로 이뤄져 주왕산, 월출산과 더불어 한국의 3대 기악으로 모셔진다. 1982년 경북도립공원으로 지정됐다. 그 중심에 천년 고찰 청량사가 있어 산의 향기는 깊고 상쾌하다. 산행을 경험한 꾼이라면 기암괴석의 장관에 넋을 빼앗기고 아찔한 수직의 높이에 장쾌한 감탄사를 연발했을 것이다. 그리고 좀 더 마음의 문을 열어 고요심으로 바라보시라. 열두 봉우리가 꽃잎이 되어 그 중심에 들어앉은 청량사를 꽃술 삼아 감싸 안는 모습에서는 연꽃의 자비심을 느끼실 터.

'시심(詩心)의 길'로 들어가다

퇴계 선생의 시와 발자취를 따라가는 '퇴계 오솔길'은 경북 안동시 도산면 단천리에서 가송리 농암 종택까지의 낙동강 상류 강가를 걷는 코스다. 물론 퇴계가 걸었던 길은 이보다 훨씬 긴 청량산까지다. 옛길 시작도 도산서원에서부터다. 그러나 지금은 도산서원 언덕 아래 강가의 길은 안동댐 물이 차올라 걸을 수 없다. 길이 사라진 지도 오래다. 도산서원에 들러 옛 문향을 느끼고 퇴계 선생 묘소를 참배하고 종택에 들른 다음, 옛길이 시작되는 이육사문학관 앞에서 출발한다. 현재 안동시에서 '퇴계 오솔길'을 되살린 옛길은 편도 5km다. 그러나 퇴계가 유년 시절에 걸었고, 노년에도 걸었던 길은 20km였다. 도산서원에서 청량산까지.

퇴계가 걸었던 길의 끝은 청량산이었다. 생후 7개월 만에 아버지를 여읜 열두 살 이황(1501~1570)은 숙부인 송재 이우에게 학문을 배우러 예안에서 청량산까지 이어진 강변길 50리를 걸었다. 이황의 청량산 사랑은 그때부터였을까. 청량산을 얼마나 사랑했으면 그의 호 퇴계, 도옹, 퇴도 외에 청량산인이라 했을까. 과거에 급제하여 관직에 몸담고 있어도 청량산이 있는 고향 안동으로 돌아가기를 소망했던 퇴계. 단양 군수, 풍기 군수, 공조판서, 예조판서, 우찬성, 대제학을 지냈지만 마음은 언제나 고향에 있었다. 단양 군수와 풍기 군수는 퇴계가 고향으로 가기를 소망해서 얻은 관직이었다. 앞서 독자들에게 필자가 청량산 자랑을 장황하게 늘어놓은 것도 퇴계와 청량산을 떼서 이야기할 수 없음에서였다. 퇴계 오솔길을 걷는 자체가 청량산의 깊고 아름다운 품속으로 한 걸음씩 걷는 일이니까.

이육사문학관(관장 조영일 시인)에서 맛있는 차 한잔 대접받고 행장을 고쳐 매고 길을 나선다. 문학관을 등지고 왼쪽 방향으로 국도를 따라 단천리로 향한다.

까마득한 날에

하늘이 처음 열리고

어데 닭 우는 소리 들렸으랴

－이육사, 「광야」 첫 구절

　이렇게 시작되는 이육사의 시비 「광야」가 걷기를 시작하자 곧바로 발목을 잡는다. 이육사의 생가 터다. 이육사는 퇴계의 14대손이다. 이럴 경우 난감하다. 갈 길이 먼데…… 머물 것인가, 뿌리칠 것인가. 뿌리치고 걷기를 10여 분, 단천교 갈림길이 나온다. 오른쪽은 공민왕 어머니가 피신했다는 왕모산성 가는 길이고, 왼쪽으로 틀면 퇴계 오솔길로 향한다. 길은 2차선 포장도로다. 길을 들어서자 유장한 낙동강 줄기가 태백에서 발원해 한참을 흘러오고 있다. 오른쪽에 강을 끼고 걷는 맛이 제법이다. 그런데 안동시의 친절이 과한 탓인지 아스팔트 포장도로다. 오솔길로 접어들기까지

오솔길 전망대에서 바라본 청량산

청량산을 오가며 퇴계가 쉬었다는 경암

2km를 말끔하게 조성해놓았다. 껴안을 듯 다가오는 청량산의 위용이 눈 가득 잡히며 노을이 비껴가는데 왠지 다리가 팍팍해온다. 걷는 이에게 포장도로는 친절이 아닌 그 반대. 차량들이 반기는 길이다. 강 따라 걷는 퇴계 오솔길을 차량으로 접근해 편하게 걸으시라는 배려인 모양인데 조금 오버한 것 같다. 문경새재 옛길처럼 안동시에서도 아깝지만 포장을 걷어낸 흙길을 조성해주었으면 고맙고 감사하겠다는 생각을 해본다.

　포장도로 끝 지점은 오르막 언덕이다. 퇴계 오솔길(예던길) 전망대이며 찻길이 아닌 사람이 걸어야 하는 숲길과 갈대 길이 시작되는 지점이다. 길의 안내도가 세심하게 설치돼 있다. 미천장담, 한

속담, 월명담의 굽이치는 정경에 농암 종택까지 3km 구간이 한눈에 담긴 풍경이다. 왔던 길을 되돌아봐도 평화로운 풍경이요, 가야 할 길 바라보니 그림 속의 진경이다. 짧은 가을볕은 청량산 봉우리에 걸쳐 붉고 소리 낮춰 흐르는 강은 사색의 깊이를 차분하게 가라앉힌다.

시심(詩心)의 길로 접어들어 퇴계의 시를 감상하며 그림 속으로 발길을 옮긴다. 길 안내판은 건지산으로 오르라 시늉하지만 그곳은 옛길이 아니다. 최근에 인위적으로 조성해놓았기에 예던길(曳, 신발과 지팡이를 끌며 다녔던 길이란 의미)로 접어들어 강줄기와 마주하기로 했다. 전망대를 내려서면 잡풀과 갈대가 우거져 있고 미루나무가 큰 키를 자랑하며 서 있는 강변이다. 길은 키 큰 갈대숲 사이로 희미하게 이어져 있다. 그러나 염려 마시라. 사람이 다녔던 흔적이 있어 안심하고 걸어도 된다.

"낙동강은 청량산을 지나야 비로소 강의 모습을 이룬다"라는 말이 있듯, 강의 형태를 이룬 낙동강 상류가 미끄러지듯 휘어 돈다. 이곳저곳 계곡에서 흘러오는 물과 물이 합류해서 흐르는 지점이다. 이곳이 바로 미천장담(彌川長潭)이다. "여러 지천이 모여 만들어낸 깊은 소"라는 의미다. 퇴계는 깊은 소를 이뤄 흐르는 강을 보며 시 한 수를 짓는다.

한참 동안 기억하네
어린 시절 여기서 낚시하던 일을
삼십 년 긴 세월

속세에서 자연을 등지고 살았네

내 돌아와보니 알 수 있네

옛 시내와 산 모습을

시내와 산은 반드시 그렇지는 못하리라

나의 늙은 얼굴을 알아보는

－퇴계, 「미천장담」

　30년 세월을 관직으로 있으면서 고향을 떠나 지내다가 다시 찾은 고향의 강과 산을 바라본 퇴계는 자신의 늙은 모습을 감추고 싶어 한다. 산과 강은 예 그대로인데, 속세에서 늙어버린 자신을 되돌아본 것일까. 여뀌, 쐐기풀, 명아주, 며느리배꼽 등 야생초들이 발길을 잡아채는 길을 걷는데 퇴계의 기억을 떠올리기라도 하듯 강 건너편에서 낚시하는 사람이 두 다리를 강물에 담그고 서 있다. 흐르는 강물에 자신을 맡기고 풍경으로 멈춰 있다. 머리칼 하얀 갈대가 내 키보다 훨씬 자라 길을 자꾸 막아선다. 나 또한 머리칼 하얗게 풀어 헤치고 갈대로 흔들리며 가을 저물녘 바람에 몸을 풀고 싶어진다. 강 건너 산봉에 머무는 햇살이 점점 높이 올라가면서 붉은 기운을 조금씩 진하게 뿜어낸다.

　오랜 세월 물에 씻긴 돌들이 둥글다. 매끄럽고 부드럽다. 갈대숲을 지나 강가의 돌길을 걸어 산 아래 오솔길로 접어들기 직전, 바닷가에서 만날 수 있는 공룡 발자국이 나타났다. 역사적 사실의 논란이 있었던 공룡 발자국 지역이다. 그런데 2010년 3월 경북대 임성규(고생물학 전공), 박희천 교수 등에 의해 1억 년 전 공룡 발자국으로 학술적 가치가 높은 것으로 판명됐다. 퇴계 오솔길은 공룡 발자국 화석 발견과 더불어 사람들의 발길이 더욱 많아질 전망이다.

길은 오솔길, 물소리 고요하다

강변의 돌길을 지나고 무성한 가을 풀이 자라는 희미한 길을 벗어났더니 퇴계가 걸었던 오솔길이 옛 모습으로 드러난다. 공룡 발자국 화석까지는 옛길 복원 공사를 할 수 없었던 지점이었다. 갈대 군락지가 사유지였기에 안동시와 땅 주인 간에 협상이 안 돼 오솔길을 견지산으로 낸 것이다. 그러나 이제부터 정자와 연못이

농암 종택

있는 곳에서 농암 종택 고산정까지 마음 졸임 없이 미루나무 숲길
을 걸어 유유자적 편하게 즐겨도 된다.

그대 가니 이 봄을 누구와 더불어 노닐꼬
새 울고 꽃 떨어져 물만 홀로 흐르네
이 아침 물가에서 그대를 보내노니
그리워 만나려면 물가로 다시 오리
　　─퇴계, 「송별」

길 아닌 길을 걸어 강가를 벗어나니 산에서 내려온 길과 만난
다. 길이 길답게 키 낮은 풀 사이에서 호젓하게 맞이한다. 오래된
나무들이 여유를 부리며 강바람과 희롱한다. 느리게 걸어도 지루

할 것 없다. 연못과 정자가 나온다. 쉼터다. 퇴계의 시「송별」을 읽어본다. 이곳의 풍경을 읊은 아름다운 시다. 물만 홀로 흐르는 강가에서 퇴계는 누구를 그리워했을까. 꽃 지고 새 우는 봄날. 나그네도 여기서 잠깐 쉬었다 다시 길을 걷는다. 조금 전처럼 야생풀을 헤치며 도둑놈의갈고리에 손등이 긁힐 일도 없다.

저무는 강을 따라 명상하기 좋은 길이다. 길은 외줄이고 길옆에 연인나무가 오래 사랑을 하는 모습으로 살아 있다. 산기슭이나 강변에서 여름이면 서늘한 바람이 불어 나오는 바위틈인 바람구멍, 풍혈에 발길을 잠시 멈출까 하다가 풍혈 앞에 서 있지 않아도 서늘한 가을이라 그냥 지나친다. 바위벼랑에 수십 년을 버티고 서 있는 의지의 나무 앞을 지나면서 경의를 표한다.

농암 종택이 손에 잡힐 듯 가깝다. 산과 산 사이를 타고 아름다운 곡선을 그리는 강 들머리에 가을 햇살이 무언가 즐거운 듯 해맑게 웃는다. 경암(景巖)과 학소대가 있는 지점이다. '경(景)'은 크다는 의미로 경암이란 '큰 바위'란 뜻인데 퇴계가 청량산을 오가면서 잠시 쉬었다 간 바위라고 전해진다. 이 바위에 쉬면서 퇴계는 시를 읊었을 것이다.

천 년을 두고 물살을 받았으나 어찌 삭아 없어짐이 있겠는가
물결 가운데 우뚝 서 있으니 그 기세 씩씩함을 다투듯
사람들의 발자취란 물에 뜬 부평초 줄기 같으니
다리를 굳게 세움이 누가 능히 이 가운데 있음만 하리오
— 퇴계,「경암」

학소대는 한속담 상류의 수직 절벽을 말하는데, 그곳에 천연기념물인 오관(烏鸛, 먹황새)이 서식하여 붙여진 이름이다. 천연기념물 제72호 오관(200호)은 없어진 지 오래이고 표지판만 잡초 속에 묻혀 있다. 농암 종택에 이르는 앞 강줄기는 한속담이다. 한속(寒粟)은 추워서 몸에 끼치는 소름을 말하는데 이곳을 흐르는 물이 너무 차가워서 생긴 이름으로 추측된다. 강은 흐름을 멈춘 듯이 담(潭)을 이루고 그 앞에는 기암괴석 수직 암벽이 절경을 이룬다. 농암 종택의 상류 지점에 벽력암이 있다. 절벽에서 떨어지는 돌 구르는 소리가 벼락 치듯 했다 해서 지어진 이름이란다. 또 한 설은 태백에서 흘러온 뗏목이 절벽에 부딪쳐 벼락 같은 소리를 냈다 해서 지어진 이름이란 것.

어찌 됐건 이현보는 물이 바위에 부딪히는 소리가 시끄러워 '귀머거리 바위'라 이름 짓고 자신의 호를 농암(聾巖)으로 삼았다. 이곳 풍광은 강과 백사장과 기암이 푸른 솔과 어우러져 절경을 이룬다. 퇴계 오솔길은 여기까지다.

태백에서 발원한 강은 산허리를 굽이돌면서 절경을 이루는데 포장도로를 따라 한참을 가면 청량산 암벽에 고산정(孤山亭)이란 정자가 강 건너에서 손짓한다. 조선시대 누각으로 봉화 사람 금난수가 지었는데 퇴계도 자주 찾아가 경치를 즐기고 시도 짓고 글도 썼다고 한다. 발길을 여기에서 멈추지 말고 청량산을 향하면 또 다른 선경이 펼쳐진다. 오솔길 걷기의 명품 코스로 이쯤에서 멈춰도 아름다운 추억의 그림이 남을 것이다.

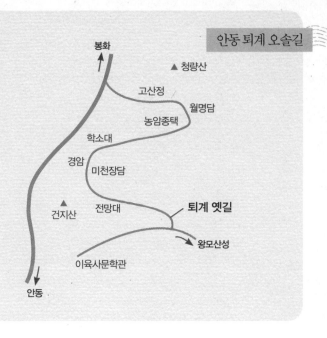

안동 퇴계 오솔길

봉화

▲ 청량산

고산정

월명담

농암종택

학소대

경암

미천장담

▲
건지산

전망대

퇴계 옛길

↘ 왕모산성

이육사문학관

안동

🚌 **교통**

기차 편은 청량리역 → 안동역 무궁화호가 1일 8회 운행하고, 고속버스는
동서울고속터미널에서 자주 있다.

🏠 **숙박**

안동 시내 시설을 이용한다.

가을이 훌쩍

자글자글 늘어나는 물주름 한가롭다

조용한 강이 깊다 넉넉한 물의 배려

가을이 무등을 타고 훌쩍, 건너뛴다

돌아와 세상을 보니 꿈속 같다

마곡사 백범 명상길

마곡사(麻谷寺)는 신라 선덕여왕 9년(640)에 자장율사가 창건했
으며, 개산(開山) 이후 보철화상의 법문을 듣고자 모여드는 사람이
골짜기를 가득 메웠는데 그 모습이 마치 삼[麻]밭에 삼[麻]이 서 있
는 것 같아서 마곡사라 이름 지어졌다고 한다.

충남 공주시 사곡면 운암리 태화산(416m) 동쪽 초입에 마곡천을
사이에 두고 절묘하게 가람배치를 한 고찰을 찾기 위해 이른 아침
길을 떠났다. 겨울이 시작된다는 입동 전날 안개 낀 경부고속도로
를 달려 단숨에 천안─논산고속도로로 진입해 정안IC로 빠져나
갔다. 국도를 여유롭게 즐기다 보니 어느덧 마곡사 대형 주차장이
다. 안개는 아직 걷히지 않았고 주차장도 한산하다. 멀고 가까운
풍경들이 안개에 가려 시야가 불투명하다. 한가롭다. 주차장 앞에
즐비한 아무 식당에나 예고 없이 들어가 산채비빔밥을 시켰다. 식
사가 나오기 전에 도토리빈대떡이 서비스로 나왔다. 기분이 좋아
진다. 공주의 특산 술 알밤동동주를 한 됫박 시켜 마시고 비빔밥

도 뚝딱 먹고 절길을 걸었다. 매표소를 지나 일주문을 통과하는데 안개 속에서 햇살이 찬란하다. 안개에 가려 희뿌연 겨울 정취가 물씬 느껴지는데 바람 한 자락이 슬쩍 낙엽을 몰고 간다.

바람에 쓸려 가는 낙엽이 내게 물었다. 늦가을 단풍놀이 나왔느냐고. 묵언으로 걷는 내 귀에 대고 절집 처마에 달린 물고기들이 물었다. 나는 속으로 답했다. 백범이 걸었던 명상의 길을 되짚어 걷고 싶어 왔노라고. 어느덧 금강역사가 반긴다. 해탈문이다. 천왕문을 지나 극락교를 건넌다. 바라다보이노니 대광보전과 그 뒤 대웅보전의 위용. 그 앞에 서 있는 오층석탑. 차분하게 가라앉아야 할 마음이 소란스럽게 바쁘다. 갑자기 볼 것이 많아진 것이다. 육신의 눈을 닫고 마음의 문을 닫고 절 마당을 걷는다. 보고 들어야 할 것들이 너무 많다. 붉게 물든 나뭇잎과 바람 소리, 물소리만 듣고, 보기로 했다. 그러나 귀동냥이 탈이었다. 글씨였다.

대웅보전(大雄寶殿) 현판은 신라 명필 김생 글씨라 하고 대광보전(大光寶殿) 현판은 영·정조 때의 뛰어난 문인화가였으며 단원 김홍도의 스승이었던 강세황의 글씨라 한다. 뿐이랴, 그의 나이 예순이 넘어 벼슬에 나갔고 이 작품을 70세 중반에 썼다니. 내 나이를 되짚어본다. 심검당(尋劍堂) 현판은 청백리로 이름난 송하 조

대광보전 우측에 서 있는 백범 향나무

윤형 글씨. 굵다. 날카롭다. 깐깐하다. 그와 나란히 걸려 있는 마곡사 현판. 근대 서양화가 해강 김규진의 초서다. 그뿐 아니다. 세조가 생육신 김시습을 만나러 왔다가 온다는 소식을 미리 알고 떠나버린 그를 만나지 못하고 글씨만 남겼다는 영산전(靈山殿) 현판.

정신을 가다듬고 절 마당 왼편에 있는 응진전 앞 백범 은거 가옥으로 발길을 돌린다.

백범 김구 향나무를 아시나요!

답설야중거(踏雪野中去)
불수호란행(不須胡亂行)
금일아행적(今日我行跡)
수작후인정(遂作後人程)

눈 덮인 들판을 걸어갈 때
어지럽게 함부로 걷지 말라
오늘 내가 가는 이 발자취가
뒷사람의 이정표가 될 것이니

조선 순조 때 학자인 이양연의 시가 객을 반긴다. 마곡사 공간을 휘젓고 다니던 바람 소리, 물소리, 풍경 소리 그리고 목어, 범종, 법고, 운판. 사물(四物)의 움직임까지 정지된 무성의 그림으로 내 주위에 멈춰 있다. 백범 선생이 조국 광복을 일념으로 가슴에 새겨 품고 다녔던 이양연의 시가 내 명치끝을 친다. 선생께서 생전에 즐겨 쓰시던 휘호인 이 글은 눈길 위에 찍힌 발자국 사진과 함께 액자 속에 걸려 있다. 백범 선생이 머물렀던 집 마루 벽에. 액자 위에는 백범 선생의 사진이 걸려 있다. 그런데 마곡사에는 출처를 잘못 알고 서산대사의 시라고 표기돼 있어 바로잡았으면 한다. 액자 아래 "이곳은 백범 선생께서 입산 수행하셨던 장소입니다"라는 안내문이 붙어 있다. 그 왼편에는 1946년 해방 이듬해 백범 선생과 함께 마곡사를 방문한 광복 인사들이 대광보전 앞에서 포즈를 취한 단체 사진이 역사를 말해준다.

대광보전과 응진전 사이에 위치한 이 집에 백범 선생이 입산 수행했다니, 이 깊은 절간에 어떤 사연을 안고 찾아왔을까. 봄 경치는 마곡사요, 가을 절경은 갑사라는 '춘마곡 추갑사(春麻谷 秋甲寺)'라는 말이 전해질 만큼 봄 경치 빼어난 마곡사에서 백범이 삭발 수행을 한 것이다. 그 집 앞에 향나무 한 그루 서 있다. '백범 향나무'다.

마곡사는 대한민국 임시정부 주석이며 독립운동의 지도자인 백범 김구(1876~1949) 선생이 1896년 명성황후 시해에 대한 분노로 황해도 안악에서 일본군 장교를 살해한 후 은거, 입산 수도한 곳이다.
조국 광복 후 선생이 이곳을 찾아 대광보전 주련의 각래관세간 유여몽중사(却來觀世間 猶如夢中事, 돌아와 세상을 보니 흡사 꿈속의 일 같구나)를 보시고 더욱 감개무량하여 그때를 회상하며 향나무 한 그루를 심어놓

김구 선생이 한동안 승려(원종 스님)로 지내며 머물렀던 가옥

앗다.

　-김구 선생 은거 기념 식수

　그렇다. 대한제국의 마지막 왕비 명성황후가 1895년 일본의 낭인에게 시해당했다. 청년 김구는 참을 수 없는 분노로 일본군 특무장교 쓰치다 중위를 살해하고 체포되어 사형이 확정된다. 고종의 특사로 사형은 면하게 됐지만 인천 감옥을 탈출, 심심유곡 마곡사로 피신해 승려가 된다. 1898년 일이었다.

　백범은 삭발하고 용담화상에게 '원종'이란 법명을 받는다. 마곡사에서 한동안 승려로 지낸 그는 해주 수양산 신흥사로 옮겨 있다가 승려 생활을 접고 환속한다. 그리고 조국 광복을 위해 일생을 던진다. 그로부터 반세기가 흘러 일본이 패하고 광복을 맞은 조국 땅에서 백범은 1946년 4월 마곡사를 찾는다. 청년 김구가 아닌 민족의 지도자 백범의 감회는 어떠했을까. 용담 스님께 불경을 배우던 방에서 하룻밤을 지새웠다. 봄 풍경 아름다운 마곡사의 밤을, 풍경에 취해서가 아니라 무수한 회한에 젖어. 어찌 잠들 수 있었겠는가. 스님들은 그를 위해 밤을 새워 새벽이 밝도록 불공을 드렸다. 백범도 뜬눈으로 새웠다. 이튿날 발길은 무거웠으리라. 그는 무궁화와 향나무 한 그루를 대광보전 앞마당, 청년 김구가 '원종 스님'으로 번뇌하던 방 옆에 심고 길게 휘도는 마곡천을 따라 길을 떠났다. 그때 그의 눈길에 봄 햇살처럼 박히는 글이 있었으니 대광보전 기둥에 걸린 주련 한 구절-却來觀世間 猶如夢中事 (돌아와 세상을 보니 흡사 꿈속의 일 같구나).

사행천으로 꿈틀대며 흐르는 마곡천을 따라 걸어가는 백범의 뒤를 갓 심어놓은 어린 향나무의 여린 향이 눈물 글썽이며 한참을 뒤따랐다 한다.

삭발바위 지나 명상길로

백범 명상길은 선생이 마곡사 은거 시절 조국 광복을 위해 고뇌하고 울분을 삭이며 생각에 젖어 걸었던 길이다. 당호 없는 은거

이 길을 따라 김구 선생은 명상길을 나섰다

가옥 뒤쪽으로 나가면 돌담이 세월의 이끼를 보여주고 있다. 돌담 뒤에 선 오래된 느티나무에서 우수수 가을 잎이 아픔처럼 날린다. 절 밖으로 나가 마곡천을 가로지르는 징검다리를 건너 임도를 따라 걷는다. 한참을 가면 영은교가 나온다. 그 다리를 건너기 전 왼쪽으로 길을 잡아 산길로 접어들면 오솔길이 비탈로 이어진다. 백범 선생은 이런 코스로 걸었는데 2010년 5월 공주시에서 명상길을 약간 조정했다.

은거 가옥에서 나와 징검다리를 건너지 않고 곧바로 향하면 '마곡사 → 삭발바위' 이정표가 소나무에 부착돼 있다. 백범 선생이 삭발했던 바위를 거쳐 강을 건너는 다리를 만들었다.

"사제 호덕삼이 머리털을 깎는 칼을 가지고 왔다. 냇가로 나가 삭발진언을 쏭알쏭알 하더니 내 상투가 모래 위에 툭 떨어졌다. 이미 결심은 했지만 머리털과 같이 눈물이 뚝 떨어졌다."

백범 선생은 승려가 되기 위해 삭발하면서 상투가 잘릴 때 눈물을 흘렸다고 『백범일지』에 기록했다. 그러한 백범 선생의 심정을 아는지 모르는지 연인들은 삭발바위 앞 전망대에서 사진을 찍고 즐거워한다. 푸른 솔과 붉은 단풍잎은 마곡천 고요한 수면에 제 그림자를 드리운다. 입동이 오는데도 물이 덜 든 나뭇잎들이 붉게 물든 단풍잎과 어울려 안개를 머금고 초겨울을 맞이하고 있다. 희뿌연 태양은 백범의 눈물방울인 듯 수면 위에 둥근 무늬를 그리며 풍덩 떨어져 있었다.

다리를 건너 영은교 앞에 도착하니 마곡사 솔바람길, 백범 명상길 안내판이 서 있다. 백범길, 명상 산책길, 송림숲길 세 코스를 안내한다. 백범 명상길은 ▲마곡사−삭발터−군왕대−마곡사 3km 구간이다. 명상 산책길(5km, 트레킹 코스)과 송림숲길(10km, 등산)은 태화산 등산이나 트레킹 코스다. 영은교를 건너면 전통불교문화원을 거쳐 나발봉으로 간다. 그 길을 버리고 왼쪽으로 냇가를 따라 걷는다. 약간의 산길을 오르면 명상길 초입 쉼터다.

"가지를 잡고 나무를 오르는 것은 기이한 일이 아니나, 벼랑에 매달려 잡은 손을 놓는 것이 가히 장부로다."

이마에 땀이 밸까 말까 하는 거리의 쉼터에 서면 김구 선생이 황해도 치하포에서 일본군 장교 쓰치다를 때려죽일 다짐을 하며 곱씹었던 말이 오늘을 살아가는 우리에게 새로운 다짐을 안겨준다. 쉼터에는 죽은 소나무를 잘라 통나무 의자를 만들어 친환경 이미지를 연출했다. 잘 정돈된 길을 따라 오르면 소나무 숲이 반긴다. 뿌리들이 오르는 산길을 가로질러 나무계단 역할을 해준다. 이끼 낀 바위를 지나 군왕대 가는 길과 토굴암 갈림길이 나온다.

삭발터

백련암에서 가파르게 오르면 소원을 꼭
들어주는 마애불이 있다

외출 중인 주인을 대신해 암자를 지키는
조형물

곧바로 오르는 길이 솔바람길이다. 왼편으로 이어지는 길은 공주시에서 금년 초 정비한 길이다. 특별한 의미가 없을 듯한데 지난 3월에 갔을 때 생 소나무를 베어 길을 내고 있었다. 나는 곧바로 토굴암으로 오른다. 예부터 있어왔던 자연스러운 길이다. '토굴암 앞 쉼터' 푯말이 있는데 토굴암을 가려면 그 길은 거치지 않고 가야 한다. 관음전이 있던 곳이 토굴암인데 스님께 토굴암을 물었더니 토굴암은 없고 그냥 이름이 토굴암이란 설명이다. 관음암에 이르니 입구까지 포장된 도로가 뻗어 있고 화림원, 덕진원을 지나 생골로 이어진다. 20여 분 포장도로를 따라가면 왼편으로 샛길이 나온다. 마른 솔잎의 구수한 냄새를 음미하며 소나무 길로 접어들면 토굴암 앞 쉼터에서 이어지는 옛길을 만난다.

여기서부터 솔바람길, 백범 명상길의 진면목이 펼쳐진다. 높지 않은 산길의 부드러운 흙의 밟히는 감촉하며 쭉 뻗어 이어지는 소나무들의 행렬은 마곡사 경내에서 느낄 수 없는 새로운 명상의 순간을 호흡하게 해준다.

길은 인위적으로 만들어지는 것이 아니다. 걷는 사람이 그 길을 걷고 싶어 걸었을 때 길과 사람이 하나가 되어 숨 쉬며 말을 섞으며 마음을 나누며 이어지는 것이다. 길 위에 떨어져 반기는 솔잎의 평화는 여느 솔숲의 느낌과 달랐다. 산등성이로 이어지는 길은 굽었다가 올랐다가 끝없이 이어질 듯했지만 30여 분 만에 끝자락을 보인다. 솔바람길로 명명되었던 이 길은 백범 선생만 걸었던 길이 아니다. 마곡사 스님들도 마음의 번뇌를 솔바람에 씻기 위해 명상하며 걸었다. 소나무 숲길 끝 지점에 이르니 군왕대(君王臺)다. 군왕대는 마곡에서 가장 지기(地氣)가 강한 곳으로 가히 군왕이 나올 만하다 하여 붙여진 이름이다. 왕을 꿈꾸는 많은 사람이 이곳에 몰래 조상을 매장하여 나라가 어지러운 것을 막기 위해 조선 말기에 암매장된 유골을 모두 파낸 후 돌로 채웠다. 이런 내력을 뒷받침해주는 일화가 전해진다. 조선 세조가 군왕대에 올라 "내가 비록 한 나라의 왕이지만 만세불망지지(萬世不亡之地)인 이곳과는 비교할 수 없구나"라고 한탄했다. 백범 명상길의 하이라이트 지점이다.

천하의 명당자리 군왕대를 두고 하산 길로 내딛는다. 좁고 예쁘게 이어지는 샛길에 떡갈나무 노르스름한 잎들이 자박자박 소리를 내며 발끝에서 재롱을 부린다. 길이 꺾이며 경사진 비탈길에는 사다리 모양의 통나무 계단도 걷기에 좋다. 낙엽 길 끝자락에 산신각 처마가 보인다. 명부전 앞 단풍잎이 불타고 있다. 안개에 젖어 있는 단풍은 선명하지는 않지만 오묘하고 느낌이 그윽하다. 1천 분

의 작은 불상이 모셔져 있는 영산전(千佛殿이라고도 함)은 군왕대의
기운이 모여 있는 곳으로 군왕대 바로 밑에 있다. 마곡사 건물 중
가장 오래된 것으로 1650년 중수되었다. 백범 선생이 걸었던 명
상길을 마쳤지만 선생의 체취가 미진함으로 남아 있다면 백련암
을 가봐도 좋겠다. 그곳에도 은거를 하셨다. 백련암에서 활인봉으
로 가는 산 중간쯤에 '한 가지 소원을 들어준다'는 마애불이 있다.
소원 빌고 섬마섬마 산길을 오르면 활인봉 정상의 상쾌함을 맛볼
수 있다. 솔바람 명상길에서 느끼지 못했던 또 다른 감회를 맛볼
수 있으니까.

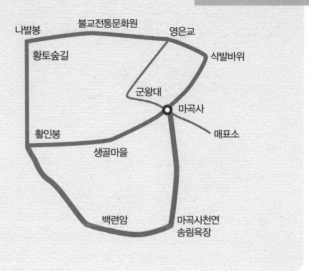

마곡사 백범 명상길

나발봉　불교전통문화원　영은교

황토숲길　　　　　　　　삭발바위

군왕대

마곡사

활인봉　　　　　　　　매표소

생골마을

백련암　마곡사천연
송림욕장

🚌 **교통**

경부고속도로 → 천안 · 논산고속도로 → 정안IC에서 나오면 마곡사 표지
판 따라 604번 지방도로 18km 지점.

🏠 **숙박**

마곡사 입구에 모텔이 있다. 서울에서는 1일 코스가 가능하다.

입동(立冬)

해 떨어지기 전부터 잎들이 붉어 있다 한참을 바라봐도
애써 붉어진다 파르르 소름이 돋을 공복이 올 것이다

그림자 물에 잠긴 강물이 휑하다 정지된 풍경 속에
흐리게 찍힌 낙관 빠르게 한기가 돌고 그리움이 더디다

녹두꽃 진 자리에 눈이 쌓이고

담양 금성산성

전라남도 담양군 죽림(竹林)의 고장. 일찍이 정자문화가 융성한 문향(文鄕)이다. 담양군 고서면과 봉산면에는 누각과 정자가 오랜 세월 역사와 문화를 간직하고 오늘을 살아가는 이들의 발길을 끌어당긴다. 면앙정, 송강정, 명옥헌, 소쇄원, 환벽당, 취가정, 식영정 등 이름난 정자가 많아 가사문학의 본고장임을 말해주고 있다.

정자문화란 무엇인가. 정자와 문화가 합해진 말이다. 익히 아는 바이지만 정자란 사람이 모이는 휴식 공간이다. 혼자 가서 쉬기도 하고 사색하기도 한다. 때로는 여럿 모여 담론을 펼치거나 흥이 돋으면 여흥을 즐기는 장소다. 조선시대에는 그곳에서 시를 짓고 배우거나 읊었다. 따라서 옛 정자는 문학의 산실이었다. 그렇다면 "정자문화의 '문화'는 무엇인가. 그것은 문학을 포함하면서 철학과 사상, 정치적 현실 참여와 투쟁, 귀양살이와 죽음, 돌아와 은둔하며 정진하는 수양, 지조와 의리, 우정과 낭만, 이 모두를 뜻한다. 그것은 전인적인 삶, 사람다운 삶, 삶의 의미와 가치를 뜻하는

것이다."(구중서, 『면앙정에 올라서서』, 25쪽)

「성산별곡」「사미인곡」「관동별곡」 등을 후세에 남긴 송강 정철은 소년 시절을 담양 창평에서 보냈다. 그의 가사문학이 싹트고 자란 온상은 송순(1493~1582)의 정자 면앙정(俛仰亭)이었다. 정철은 면앙정에서 국문 가사문학을 배웠고 담양군 봉산면에 있는 면앙정은 16세기 호남 정자문화의 요람이었다.

무등산 산줄기 하나가 동쪽으로 뻗어서

멀리 떨쳐 와 제월봉이 되었거늘

끝없이 넓은 들판에서 무슨 생각 하느라고

일곱 굽이가 한곳에 움츠려

무더기무더기 벌여놓은 듯하구나

그 가운데 굽이는

구멍에 든 늙은 용이 선잠을 막 깨어 머리를 앉힌 모습이니

넓고 평평한 바위 위에

소나무와 대나무를 헤치고 정자를 앉혔으니

구름을 탄 푸른 학이

천 리를 가려고 두 날개를 벌린 듯하구나

(중략)

인간 세상을 떠나와도 내 몸이 겨를이 없다

이것도 보려 하고 저것도 들으려 하고

바람도 쏘이려 하고 달맞이도 하려 하고

밤은 언제 줍고 고기는 언제 낚으며

사립문은 누가 닫으며

떨어진 꽃은 누가 쓸 것인가

아침에도 시간이 부족한데 저녁엔들 있을쏘냐

오늘도 부족한데 내일인들 여유가 있을쏘냐

이 산에 앉아보고 저 산에 걸어보니

번거로운 마음이지만 버릴 일 전혀 없다

쉴 사이 없는데 구경길 전할 시간 있겠는가

다만 푸른 명아줏대 지팡이가 무뎌가는구나

　　－송순, 「면앙정가」

면앙정에서 20여 리 떨어진 식영정은 정철이 「성산별곡」을 지은 정자로 성산 자락에 위치해 있으며 송순의 「면앙정가」의 영향을 많이 받은 작품으로 전해진다. 식영정 지척에 소쇄원, 가사문학관이 있다. 시가(詩歌)에 취하는 여행 코스로 추천해도 손색이 없겠다. 소쇄원을 둘러보고 곧바로 무등산으로 오르는 기분 좋은 길이 기다리며 다음 여정을 안내할 것이다.

갈 길은 바쁜데 볼거리는 많고 덤으로 죽림욕하다

면앙정(송순의 호)과 정철의 문향에 취해 잘 놀다 헤어져 금성산

성으로 향한다. 담양읍에서 순창으로 가는 24번 국도를 타고 간다. 금성면사무소를 찍고 석현교를 지나 대자식당 앞에서 좌회전하면 표지판이 서 있고 담양호와 금성산성(金城山城) 입구가 나온다. 그런데 그게 단숨에 쭉 뻗은 국도를 달릴 수 있는 상황이 못된다. 중간 지점에서 기다리고 있는 죽녹원과 관방제림, 메타세쿼이아 가로수 길이 가는 길을 막는다. 금성산성을 돌고 정읍 내장사로 행로를 잡으려는 나그네는 차를 멈추고 내려야 한다. 그렇지 않고 금성산성에서 담양읍으로 되돌아오려는 여행자는 스쳐 지나가도 좋겠다. 오는 길에 넉넉하게 음미하면 되니까.

　나는 차를 멈춘다. 죽녹원은 향교리 언덕에 16만여 제곱미터의 울창한 대나무 숲이 장관을 이루며 차가운 겨울바람을 이리저리

철마봉에서 바라본 담양호

흔들고 있었다. 2003년 5월 조성됐다. 2.3km의 산책길을 걸으면 마음속까지 죽향이 스며들어 대나무처럼 뼛속이 비어 온몸이 맑아지는 것 같다. 댓잎이 바람을 희롱하는지 바람이 댓잎을 희롱하는지 그 길을 걷는 이들은 모두가 한 그루 대나무가 되고 청아한 한 자락 바람이 된다. 죽림욕(竹林浴)의 맛이다. 죽림욕 샤워장은 사계절 문을 닫지 않는다.

"호남 사람들은 대를 종이같이 다듬어서 청색과 홍색 등 갖가지 물을 들여 옷 상자 등으로 이용했다. 그 옷 상자는 담양이 제일이었다."

조선 후기 실학자 서유구(1764~1845)는 농업 분야에 관심이 많아 농업 기술과 방법 등을 현실 속에서 연구하여 농업 위주의 백과전서라 할 수 있는 『임원경제지』에 이렇게 기록했다. 그는 1834년 전라 감사로 있었다.

죽녹원을 벗어나면 그에 뒤질세라 메타세쿼이아 가로수 길이 명성만큼이나 하늘을 향해 솟아 줄지어 있다. 여름의 녹색 터널이 아니라도 충분히 값을 쳐줄 만하다. 전국 제일의 가로수 길로 이미 판명이 났고 전국에서 몰려든 인파로 북새통이다. 잎이 말라 스산할 것 같은 겨울 찬 바람 속에서도 인증샷을 찍느라 여행객들은 바쁘다. 방학을 이용한 젊은 층이 중년층보다 눈에 많이 띈다.

걸음이 바쁘다. 바로 옆에 있는 관방제림(官防堤林)으로 발길을 재촉해 눈 위를 걷는다. 강과 숲이 어우러져 있다. 강은 영하의 날씨로 얼어 있다. 그 위에 눈이 소담스레 쌓여 있고 사람의 발자국과 새의 발자국이 마음의 정표를 찍어놓았다. 관방제림은 담양천

을 따라 푸조나무, 느티나무, 음나무, 팽나무, 개서어나무, 은단
풍, 곰의말채, 갈참나무 등이 2km에 걸쳐 이어져 있다. 이 인공
제방은 홍수 피해를 막기 위해 360년 전 제방을 쌓고 나무를 심어
이뤘는데 오늘날에 절정의 풍취를 자랑하며 담양의 명물로 등극
했다. 천연기념물 제366호로 1991년 11월 27일 지정됐다.

자연재해를 막기 위한 조상들의 오랜 노력이 역사와 문화적 가
치를 부여하고, 후대에게 마음의 쉼터를 선물한 것이다.

눈 위에 찍힌 발자국 역사 속으로 들다

2011년 1월의 한파가 매섭다. 따뜻한 남쪽 마을이라 해도 피
해 갈 수는 없었다. 금성산성 입구는 찾기 쉽다. 입구에 담양리조
트 온천이 있어 그냥 스쳐 지나갈 염려는 없다. 산성으로 가는 길
에 담양의 정자문화를 음미했고 죽림욕도 덤으로 즐겼다. 이제 산
성으로 이어지는 옛사람들의 체취를 따라 길을 걷는다. 며칠 전에
내린 눈이 산성 입구 길 위에 쌓여 햇살을 받아 보석처럼 빛난다.
앞서 걷는 사람의 발자국이 딱 있는 언약처럼 뚜렷하게 찍혀 있
다. 보기에도 좋고 기분이 좋아진다. 주차장 매표소를 지나면 오
르막이 시작된다.

내려다보이는 왼쪽은 리조트 수목원의 키 작은 상록림이 흰 눈
사이로 질서 있게 자리 잡아 고요한 풍경을 연출한다. 길옆에는
키 큰 미루나무가 하늘 높이 서 있고 파란 겨울 하늘을 배경으로

까치집이 아득하다. 길 오른쪽은 눈 속에서 초록으로 서 있는 대
나무들이 싱싱하다. S 자로 휘어진 도로를 따라 오르면 세 갈래 고
갯마루다. 왼쪽은 금성산성으로 향하고 직진은 주차장이다. 길 양
쪽에 대나무들이 파란 하늘과 더불어 짙푸른 초록으로 겨울을 견
디고 있다. 전남 담양군 금성면 금성리 산 91번지 지점이다. 금성
산성은 전남 담양군 용면 도림리와 금성면 금성리, 전북 순창군과
경계를 이루고 있다. 내가 걷는 지점은 금성면 산성 초입이다. 소
나무와 대나무가 반기는 길을 따라 눈 위를 걷는다. 대나무 생태
공원을 지나면 제법 가파르게 오른다. 간이매점이 있고 '동학농민
혁명군 전적지' 표지석과 마주한다.

"전봉준(1854~1895)은 금성산성 전투를 지휘하다가 옛 전우를 찾아가 식량 보급 지원을 요청하였으나, 순창군 쌍치면 피노리에서 친구 김경천의 밀고로 1894년 12월 2일 관군에게 체포되었다. 담양, 광주, 장성, 순창 지방의 1천여 명에 달한 동학농민군은 쫓기고 밀리면서 총수 정봉준의 뒤를 따라 20여 일간 피비린내 나는 격전을 벌였다. 농민들은 모두 희생 또는 체포되고, 금성산성 내의 모든 시설이 이때 전소되었다."

녹두장군 전봉준은 체포되어 담양 객사로 끌려가 3일 동안 갇혀 있다가 나주를 거쳐 한양으로 압송됐다. 다음 해인 1895년 3월 30일 그는 참수, 푸른 녹두꽃은 그렇게 졌다. 그의 나이 마흔하나.

1차선 도로를 유지해오던 순한 길이 갑자기 가팔라진다. 산으로 급하게 치닫는다. 동학농민군들이 산성을 향해 쫓겨 달려가는 듯 산 아래에서 세찬 바람이 한바탕 불어온다. 소나무 가지에 얹혀 있던 잔설이 속절없이 떨어진다. 미끄러짐과 토사를 방지하기 위해 설치한 통나무 계단을 딛고, 나무뿌리 길을 숨 고르며 전진하면 눈 덮인 오솔길이 반긴다. 그렇게 20여 분을 오르면 능선에 걸터앉은 듯한 길고 가파른 견고한 바위 위에 성문이 나타난다. 보국문이다. 문 하나 뚫려 있고 양쪽은 완강한 바위 성벽이다. 이 문을 통과하면 또 성문이 하나 더 버티고 있다. 충용문이다. 수직에 가까운 위치에 두 개의 성문을 만들어 방어와 공격에 효율적으로 대응하는 구조다. 보국문을 외남문(外南門)이라 하고 충용문을 내남문(內南門)이라 한다. 이 둘을 합쳐 남문(南門)이라 부르는데 외남문은 성밖 관찰을 용이하게 하며 공격을 극대화하는 반면 적

의 침공은 외남문에 이어 내남문에서 방어하는 이중 방어선을 구축해놓은 산성이다. 산 위에서 외남문인 보국문을 보면 새의 부리 끝 지점에 성문을 설치해놓았다. 다른 산성에서 볼 수 없는 전략적 지혜를 읽는다. 망루 역할을 하는 보국문 위에 올라 바라보는 담양호와 추월산의 풍치는 겨울 눈 속에 그려진 한 폭 그림이다. 가을 단풍의 추월산과 아침에 피어오르는 담양호의 운해 또한 장관일 터.

　아이의 손을 잡고, 연인과 팔짱을 끼고, 아니면 혼자 걷기를 즐기는 사람이라도 여기까지만 왔다가 왔던 길을 되돌아가도 훌륭한 걷기 코스다. 그러나 성급하게 하산하지 마시라. 보국문 망루와 충용문 성벽에서 사방 툭 터진 풍경을 가슴에 담으시라. 시름한 짐 지고 온 사람은 여기에서 멀리 날려 보내시고 가볍게 돌아가시라.

　그러나 무언가 아쉽다. 산성을 한 바퀴 둘러보면 그 맛을 또 잊

드라마 〈선덕여왕〉 촬영지

지 못할 것이니. 보국문과 충용문 사이의 깎아지른 듯한 난공불락 요새의 성곽은 인기 드라마 〈선덕여왕〉의 촬영지로 유명세를 타고 있다. 지금 내가 서 있는 금성산성은 장성 입암산성, 무주 적상산성과 더불어 호남의 3대 산성에 속한다. 성곽의 길이는 외성 6486m, 내성 859m를 합해 7345m다. 우리나라 성곽의 대표적인 형태로 산의 지세를 최대한 활용하여 능선을 따라 축조되었다. 평야를 앞에 둔 산에 자리 잡는 것이 보통인데 평지와 떨어진 산속에 구축한 금성산성이다. 연대봉─시루봉─노적봉─철마봉으로 이어지는 능선을 따라 내성과 외성으로 성벽을 둘렀다. 산성 축조시기는 『고려사절요』에 언급된 점으로 미루어 고려 말 이전으로 추정하고 있다.

조선 말기에는 성안에 130여 호의 민가와 관군을 포함해 2천여 명이 머물렀다 한다. 29개의 우물을 파고 2만여 석의 군량미를 저장했을 정도였다. 그러나 동학농민혁명, 한국전쟁을 거치면서 마을과 관아, 절 등이 불타 없어지고 터만 남아 있는 것을 동서남북의 문과 성곽을 담양군에서 90년대부터 복원하고 있다. 서문에서 남문으로 이어지는 철마봉을 오르는 급사면 성곽 공사는 현재 진행 중이다. 충용문에서 걷기를 즐기려면 ▲충용문─보국사 터─서문─충용문 ▲충용문─보국사 터─북문─충용문으로 원점 회귀한 시간 코스와 산성을 둘러보는 등산 코스 ▲충용문─동문─북문─서문─철마봉─보국문 다섯 시간 코스가 있다.

충용문 앞 너른 마당에는 3기의 돌탑으로 조성된 위령탑이 있다. '이천골(二千骨)'이란 계곡이 있을 만큼 7.3km에 달하는 금성산성을 쌓고 지키기 위해 무수한 땀과 피를 흘린 선조들의 넋을 달래고 명복을 빌기 위해 세운 탑이다. 시간을 먼 옛날로 돌려보면 산성은 옛사람들의 고통의 산물이었다. 이 성을 쌓는 데 동원된 백성들의 다섯 가지 고통은 지금도 생생하게 전해진다. 성을 쌓던 백성들은 배고파 죽고, 병들어 죽고, 돌에 깔려 죽고, 한여름 무더위에 죽고, 겨울엔 얼어 죽었다. 죽음은 고통의 다른 이름이다. 죽음을 딛고 버틴 금성산성. 수많은 전투를 겪었고 칼날과 창 끝, 포화 속에서도 결코 무너지지 않았다.

푹푹 발이 빠지는 눈길을 걸어 비탈진 철마봉을 오른다. 햇살이 고부 쪽에서 눈을 찌르는 역광으로 달려온다. 해가 서(西)로 기울고 있다. 푸른 녹두꽃이 하얀 눈 위에 떨어진다.

돌아오는 길에 담양군 월산면 천주교 공원묘원에 들렀다. 〈울지마 톤즈〉의 이태석 신부 묘를 참배하기 위해서다. 해가 많이 떨어져 어둑어둑한 시간이었다.

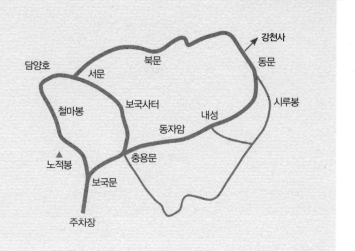

담양 금성산성

강천사
담양호
북문
서문
동문
철마봉
보국사터
시루봉
내성
동자암
노적봉
충용문
보국문
주차장

🚗 교통

서울→담양 고속버스는 1일 2회(강남고속터미널) 있어 불편하므로 서
울→광주 고속버스를 이용하는 편이 좋다. 강남고속터미널→광주 가는
고속버스는 수시로 있다. 용산역에서 KTX를 이용하면 더 빠르다. 광주에
서 담양 가는 버스를 다시 이용한다. 자가운전은 경부고속도로→천안·
논산고속도로→호남고속도로→담양으로 향한다. 담양의 명소를 여러
곳 보려면 자가운전이 편하다.

🏠 숙박

펜션 · 호텔 · 민박 등 숙박 시설이 많다.

바윗길

바위가 막는 곳에
또 다른
길이 있다

바위가 길이 되어
사람을
걷게 한다

외로운
바위로 남아
길이 되는 사람 있다

옛 돌담마을 진짜 제주 올레

제주 애월읍 하가리

입춘이 지난 일주일 후, 비행기는 쾌청한 날씨 속으로 고도 8000m 상공을 50분 동안 비행을 마치고 제주공항에 착륙했다. 서울의 날씨와는 달리 제주는 바람이 세차게 불었고 우중충했고 제법 굵은 눈발이 흔들리는 야자수 잎을 스치고 지나갔다. 바람 탓이겠지, 제주 여행의 최상의 드라이브 코스인 애월해안도로를 달리는데 파도가 갈기를 세워 검은 바위에 하얗게 부서지고 있었다. 검은 현무암과 짙푸른 바다, 거기에 물기둥으로 솟구치는 파도의 성난 싱싱함. 아직 겨울옷으로 칭칭 감고 온 여행자에게 제주가 주는 첫 선물이었다. 한라산은 안개와 구름에 가려 "왔느냐!"는 시늉도 하지 않았다. 묵언이 반가움이겠지, 좋은 쪽으로 생각하고 애월 바다가 눈 가득 들어오는 해안가 숙소에 여장을 풀었다. 하귀해안 도로변에 위치한 숙소는 부드러운 곡선의 해안선과 무한대로 펼쳐진 푸른 바다와 환상의 저녁노을, 밤이면 고기잡이배들의 불빛을 감상할 수 있는 지점이었다. 그러나 오늘은 욕심을 낼 수 없었다. 저녁노을도 고기잡이배의 불빛도 볼 수 없었다. 다음을 약속하며 퇴짜를 맞았다. 마음속으로 보고 느끼는 것으로 만족해야 했다. 한 편의 시가 절경을 그리는 마음을 달래주었다.

사랑을 아는 바다에 노을이 지고 있다
애월, 하고 부르면 명치끝이 저린 저녁
노을은 하고 싶은 말들 다 풀어놓고 있다
누군가에게 문득 긴 편지를 쓰고 싶다
벼랑과 먼 파도와 수평선이 이끌고 온
그 말을 다 받아 담은 편지를 전하고 싶다
애월은 달빛 가장자리, 사랑을 하는 바다
무장 서럽도록 뼈저린 이가 찾아와서
물결을 매만지는 일만 거듭하게 하고 있다
—이정환, 「애월 바다」

구엄리 돌염전

제주 애월읍 하가리

놀멍 쉬멍 걷는다 제주 올레

다음 날도 날씨는 어제와 다르지 않다. 해안도로를 따라 고내
우주물까지 걷는다. 제주 올레 16구간 제1섹션(고내포구-구엄포
구)이다. 제주 올레 1구간부터 출발점으로 삼는다면 고내에서 구
엄마을로 향해야겠지만 나는 내 방식대로 구엄마을에서 우주물로
걷기로 했다. 바다를 왼편에 끼고 가는 것보다 오른쪽에 끼고 가
는 것이 마음에 들어서다. 숙소에서 바라보이는 구엄마을에 당도
하니 돌염전이 반긴다. 맑고 아름다운 포구 마을이다. 방파제 가
장자리에 서 있는 하얀 등대가 바다를 지켜보고 있다. 그 앞에 이
른 시간이지만 한가롭게 낚시를 하는 사람이 움직이는 풍경이 되
어준다. '구엄리 돌염전' 표지석이 서 있고 그 앞에 넓은 바위에 돌
염전을 재현해놓았다. 머리와 꼬리만 지상으로 내놓고 몸통은 바
다에 감춘 채 펄떡이는 고등어의 조형물이 싱싱하다. 여행자들은
바다를 향해 카메라 셔터를 누르고 함께 걷는 사람들을 렌즈 속에
가둔다.

구엄마을은 제주시 서쪽 16km 지점에 위치해 있다. 350여 가
구가 산다. 마을의 역사는 고려조로 거슬러 간다. 삼별초가 애월
읍 고성리 항파두리에 주둔할 당시 토성을 쌓으면서 주민들을 동
원하였다. 문헌에 의하면 고려 원종 12년에 마을이 생긴 것으로
추정된다. 당시 마을 이름은 엄정포 또는 엄장이라 하였다. 조선
명종 14년(1559)에 제조 방법을 가르쳐 소금을 생산하기 시작했
다. 소금 생산은 마을 사람들에게 생업의 터전이 되었다. 마을 사

람들은 이곳을 소금빌레(빌레 : 너럭바위, 암반지대의 제주도 말)라 불렀다. 돌소금밭은 해안을 따라 300m 정도이고 폭은 30m로 약 1500평 규모다. 봄, 여름, 가을에 소금을 만들었으며 품질이 뛰어난 천일염으로 중산간 주민들과 농산물을 교환했다. 소금 만드는 일은 390여 년 동안 마을 사람들의 생업이 되어왔으나 1950년대에 와서 외지에서 유입된 저렴한 소금으로 기능을 잃게 되었다. 구엄마을은 구엄 돌염전의 소금 생산 모습을 사진으로 여러 컷 찍

옛날 포구가 있었던
낭떠러지 길

어 설명하는 표지판을 세워두었고, 천혜의 자연경관을 즐기며 세상의 근심 걱정을 한 방에 날려버릴 수 있는 바다낚시, 갯바위낚시 체험 프로그램도 마련하고 있다.

제주 올레는 이렇듯 놀멍 쉬멍 걷는 길이다. 그러나 제주 속의 진짜 올레를 걸으려면 이 바닷가 길에서 오래 머물러서는 안 된다. 진짜 제주 올레, 시간이 과거 속 백 년 이전으로 돌아가 멈춰 있는 그 길을 서둘러 가야 한다. 깎아지른 듯한 벼랑을 파도가 쉼없이 몰려와 부딪치는 장관을 슬쩍 엿보며 걸음을 빨리한다. 낭떠러지를 배경으로 기념사진도 찍어본다. 2월의 제주 날씨는 예사롭지 않게 춥다. 한라산은 만년설에 갇힌 듯 조용하다. 억새 숲길도 지나고 소나무 숲 사잇길도 지나 바닷가로 이어지는 길을 따라 걷는다. 액막이 방사탑 앞에서 제주 막걸리를 파는 포장마차에서 잠시 숨을 돌리며 한잔하고 서둘러 자리를 뜬다.

하가리 잣동네 올레에 빠지다

올레–집으로 들어가는 좁은 길. 골목, 골목길의 제주도 말. 거친 바람을 막기 위하여 큰길에서 집까지 이르는 돌(현무암)로 쌓은 골목을 이르는 말. 좋은 길, 작은 길이란 의미로도 쓰임. 제주어(語)로 거릿길에서 정낭(대문)까지의 집으로 통하는 좁은 길.

올레를 사전적 풀이로 옮겨 적으니 좀 싱겁다. 그 올레가 제주도에서 가장 제주도답게 원형으로 보존돼 있는 곳이 애월읍 하가

제주 애월읍 하가리

리 잣동네다. 옛 돌담이 그대로 보존돼 있고 초가집도 시간의 흐름을 정지시킨 채 옛 모습 그대로 외지인을 맞이하고 있다.

하가리에는 볼거리가 많다. 마을로 들어서면 돌담길이 유연한 곡선을 그리면서 이어진다. 올레다. 길 양쪽으로 돌담이 이어지고 그 사이로 오래된 길이 나 있다. 직선이 아닌 곡선이다. 부드럽게 휘어 도는 길은 사람과 사람을 연결하고 마을의 집과 집을 이어준다. 큰길에서 마을 안에 있는 집이 보이지 않는다. 살짝 휘어진 지점에 집들이 들어앉아 있다. 큰길에서 시작한 갈림길에서 또 휘어지고, 좁은 길로 이어지면서 한 번 더 곡선을 그린다. 보일 듯 말듯한 올레가 정낭 앞에서 멈춘다.

정낭. 이 얼마나 정겨운 말인가. 제주도의 옛날 대문에 걸쳐놓은 굵은 나뭇가지가 정낭이다. 정주먹(옛날 제주도 대문의 기둥)을 두 개 떨어지게 세워놓고 정주먹에 구멍을 세 개 뚫어 그 구멍 세 개에 굵은 나뭇가지를 걸쳐놓는다. 이것이 대문 역할을 하는 정낭이다. 견고한 대문 대신 왜 집 입구에 나뭇가지를 걸쳤고 대문으로 통용했을까. 그것은 제주 사람만이 할 수 있었던 생활의 지혜였다. 바다 위에 떠 있는 섬 제주는 바람의 땅이다. 태풍도 예고 없

이 섬을 휩쓸었다. 외부의 시선을 차단하고 닫힌 공간 확보를 위해 벽 같은 대문을 달았다면 어떻게 되었을까. 강하고 모진 바람이 대문은 물론이고 대문과 연결한 담장마저 허물어버렸을 것이다. 인간이 자연에 맞서지 않고 순응하며 자연의 흐름에 따라 삶을 살아가는 슬기였다. 올레가 곡선으로 휘어지면서 길이 계속 갈라지는 이유도 여기에 연유한다. 폐쇄와 개방의 방식은 제주만이 지니는 미학이다.

올레는 전혀 정형화되지 않은 길이며 소통의 통로다. 골목의 길이도 담장의 높이도 정형이 없다. 같은 집 정낭을 향해 가는 올레도 폭이 넓어졌다가 좁아졌다가 마음대로다. 굳이 공통점을 찾으라면 부드럽게 휘어져 흐른다는 것이다. 문학적으로 치자면 정형이 아닌 내재율이다.

듣는 사람에 따라 차이가 있겠지만 나는 제주도를 여행하면서 중문관광단지는 제주도가 아니라고 한다. 제주에 건설한 거대한 위락단지일 뿐. 제주도를 상징하는 여러 풍경이 있지만 그중에서 빼놓을 수 없는 것은 올레를 걸으면서 보는 돌담이다. 제주 어디를 가나 눈에 들어오는 돌담은 기능에 따라 제 이름이 다 있다. 족

보 있는 이름이다. 산에 가면 야생화가 지천으로 피어 있지만 족보에 실린 고유한 이름이 있듯이.

환해장성(環海長城)은 제주도의 해안선을 따라 쌓아놓은 돌담(성벽)이다. 바다로부터 쳐들어오는 적을 막기 위해 고려 말에서부터 조선시대에 걸쳐 쌓았다. 제주도기념물 제49호다. 원담 또는 갯담은 고기 잡는 시설이다. 얕은 바닷가 연안에 주변의 지형지물과 연결하여 1m 높이로 쌓은 돌담이다. 밀물을 따라 연안으로 들어온 고기가 원담 안에 갇히면 물이 빠지는 썰물 때 잡는 방식이다. 소와 말을 키우는 데 필요한 목장 울타리용으로 쌓아놓은 돌담은 잣성이다. 큰길에서 집으로 이어지는 좁은 골목길의 돌담은 올렛담, 택지 옆에 붙어 있는 텃밭의 돌담은 우영담, 돼지우리를 둘러놓은 돌담은 통싯담. 밭담은 경작지 소유를 구분하고 가축들로부터 피해를 막기 위해 쌓았다. 무덤 둘레에 네모나게 둘러놓은 돌담은 산담이다. 죽은 자의 영혼이 깃든 공간이며 사자의 생활공간이란 의미가 깃들어 있다. 말이나 소의 피해를 막고 산불 피해를 막는 목적도 있다.

제주도에서 발길 닿는 곳마다 만나게 되는 여러 목적의 돌담은 제주에서 살다 간 선인들의 생존의 역사이며 지혜다. 그들이 남긴 "있는 그대로의 자연을 잘 활용하라"는 유언장 같은 존재로 제주 사람들은 받아들이고 있다. 직선과 곡선으로 어우러지는 돌담의 아름다움은 제주만이 지니고 있는 특별한 색깔이다. 제주도와 돌담은 동의어이며 소중한 문화유산이다. 그 돌담이 세월이 흐름에 따라 원형을 잃어가거나 점점 사라져가고 있다. 안타까운 일이다. 그 원형의 돌담과 골목길이 애월읍 하가리에 고스란히 보존돼 있으니 얼마나 고맙고 아름다운 일인가. 제주의 전형적인 농촌 마을 하가리에는 올레와 돌담, 초가, 잣동네 말방아가 예전 그 모습으로 남아 있다. 임금님께 진상했다는 토종 귤나무도 마을을 지키고 있다.

두 그루의 아름드리 팽나무 아래 잣동네 말방아가 있다. 이 마을 이름을 따서 잣동네 말방아다. 잣동네는 하가리에 있는 자연부락이다. 지금 내가 걷고 있는 마을이다. 제주도의 생활상을 엿볼 수 있는 민속자료로 소중한 가치를 지닌다. 제주도특별자치도 중요민속자료 제32-1호다. 올레를 걸어 마을 속으로 더 들어가 본다. 민속자료 제3-8호인 제주도 초가(草家)가 기다리고 있다. 관광용으로 지은 민속촌 초가집이 아니다. 제주도 민가의 일반적 형태의 초가집은 제주도의 자연환경과 가족 구성 및 생활양식을 반영한다. 이엉은 1년에 한 번씩 덧덮어 가고 지붕마루가 없게 한다. 이런 기본틀은 바람이 많은 제주에서 견딜 수 있는 건축술이다.

초가는 그 크기에 따라 2칸 집, 3칸 집, 4칸 집으로 구분된다. 집안 울담 안에 배치된 집의 수에 따라 외거리집, 두거리집, 네거리집 등으로 부른다. 두거리 이상의 집은 각 채마다 부엌이 따로 마련되어 있어 부자 간의 가족이 취사를 따로 하고 생산·소비·경제를 각자 영위하며 살게 되어 있는 점이 육지 사람들의 전통집 구조와는 다르다. 하가리 초가는 제주 전통의 두거리집 원형을 소중하게 잘 갖추고 있다. 또 민속촌에서나 볼 수 있는 통시(제주 전통의 화장실)가 원형 그대로 보존되어 있어 타임머신을 타고 시간

여행을 하는 느낌이다.

걷던 길을 되돌아 마을을 벗어나면서 무언가 놓고 간 듯한 마음 한구석의 서운함이 돌담길을 자꾸 되돌아보게 한다. 돌담 너머 귤나무에 황금색 귤이 주렁주렁 열려 있다. 마을 앞은 2차선 포장도로다. 담뱃가게 외벽이 인상적이다. 가게의 두 짝 유리문 양옆

이 돌담이다. 아니 돌벽이다. 시멘트로 쌓을 법도 한데 굳이 돌벽이다. 마을 사람들의 제주 사랑이 절로 전해온다. 서래촌 올레길 편의점을 지나 얼마를 걸었다. 연화지(蓮花池)다. 하가리가 자랑하는 연꽃못이다. 3350평의 연지는 제주에서 가장 넓은 연꽃못이며 제주에서 연꽃이 가장 아름답게 피고 지는 곳이란다. 하가리의 자랑은 여기에서 그치는 것이 아니었다. 공기가 가장 맑은 지역으로 친다. 공기뿐이겠는가. 아름다운 연못을 가꾸고 올레를 보살피고 보존하는 그 마음은 값으로 매길 수 없는 자랑이 아니겠는가. 연못 가운데 서 있는 팔각정의 그림자가 꽃철이 아닌 겨울 수면 위에 그림자를 드리우고, 연못가에 서 있는 버들가지가 연한 잎을 밀어 올리며 봄 채비를 서둘고 있다. 꽃 진 연대가 말라서도 제몫을 하고 있었다. 수면 위에 솟아서 갖가지 상형문자를 쓰고 있다. 마른 가지 끝의 연밥이, 연잎이, 줄기가 각각의 언어로 애월의 사연을 전해주고 있다.

연화지 산책 길에서 반가운 얼굴을 만났다. 매화다. 작은 꽃을 피우고 있는 백매, 홍매가 바닷바람을 맞고 붉어지며 산바람에 씻기어 희디희다. 바람이 시샘하여 향기를 멀리 날린다.

제주 애월읍 하가리

함덕
서우봉해변

애월항

제주국제공항

비자림

성산일출봉

비양도

산굼부리
분화구

섭지코지

협재해수욕장

차귀도

▲ 산방산

서귀포시

표선해비치해변

위미항

대포주상절리

🚍 교통

제주공항에서 20km 지점 해안도로가 환상이다.

🏠 숙박

애월읍에 풍광 좋은 펜션이 여럿 있다.

내 안의 당신

강을 건넜으면
나룻배를 버려야 하듯
당신을 만났으니
나를 버려야 했습니다
내 안에
자리한 당신
바로 나이기 때문입니다

길은 내 안으로 나 있었다

수덕사 만공스님길

  내가 길을 찾아 나설 때도 있지만 길이 나를 찾아오는 경우도
있다. 언제 왔는지 모르지만 무턱대고 내 안으로 찾아들어 함께
가자 한다. 덕숭산(495m) 허리를 질러 오르는 돌계단 길이 그랬다.
수덕사를 지나 덕숭산 8부 능선쯤에 자리 잡은 정혜사까지의 만
공(滿空) 스님이 걷던 길. 나는 그 길을 만공 스님의 '만행길'이라
부른다. 수덕사 일주문에서 정혜사 가는 길은 두 갈래다. 대웅전
을 지나 ▲소림초당−향운각−만공탑−정혜사로 직진하는 돌계
단 길과 일주문 지나 ▲환희대−선수암−극락암−견성암−기분
좋은 솔숲 사잇길−정혜사로 이어지는 길이다. 두 길은 각각 좋고
나쁨이 있다. 계단 길은 두 다리가 팍팍하다. 그러나 돌계단에 낀
오랜 세월의 이끼와 그 주위의 풍광이 산을 오르면서 느끼는 상쾌
함과 자기를 바라보는 순간을 내면으로 갖게 한다. 일주문 왼쪽으
로 이어지는 길은 산속 도로다. 정혜사까지 승용차가 오를 수 있
는 송림 길인데 비포장도로가 아닌 포장이 잘돼 있는 차와 사람이

함께 다니는 길이다. 아무래도 인위적이라 길을 걷는 맛이 덜하다. 그 대신 다리 팍팍하지 않고 여유자적 해찰 부리며 걷는 맛도 별미라면 별미다.

그렇다면 두 길을 모두 맛보려면 어떻게 할까. 돌계단으로 오르면서 땀 빼고 마음 근심 덜고 맑은 약수 마시고 복 빌고 받고 발아래 깔린 내포평야를 한눈에 조망하고, 내려올 때는 꼬불꼬불 휘어도는 임도를 따라 휘이휘이 걷다 보면 만사형통이다. 나도 그렇게 마음먹고 수덕사 일주문으로 향한다. 수덕사 주차장은 넘치는 관광객들의 편의를 도모하여 대소형으로 구분되어 무한대로 넓다. 주차장에서 식당가 상가를 거쳐 일주문까지는 5분 거리다. 가는 길이 사람들의 풍년이다. 봄볕 마중 나온 발걸음이 활달하다. 매표소가 있고 그 앞에 덕숭산 수덕사 일주문이 화려하게 위용을 자랑한다.

수덕여관이 길을 막네

덕숭산은 충남 예산군 덕산면에 위치해 있다. 산 이름은 많이 알려져 있지 않다. '수덕사가 있는 산'이라고 말하면 수덕사의 유명세에 눌려 몰라도 아는 체를 해야 하는 산이다. 수덕사는 현존하는 백제 고찰의 하나로 창건에 대한 정확한 문헌 기록이 없다. 백제 위덕왕(554~597) 재위 시에 창건된 것으로 학계에서는 추정하고 있다. 창건 이후 백제의 고승 혜현 스님이 주석하며 『법화경』

강론을 폈으며, 고려 충렬왕 34년(1308)에 대웅전이 건립되어 오늘에 이르고 있다. 그 후 1937년부터 1940년까지 만공 스님 대에 대웅전 전체를 해체 보수했다. 이때 포벽에서 고려·조선 양대에 걸쳐 그려진 벽화가 발견되어 주목을 끌었다. 뿐만 아니라 경허·만공 스님의 선맥을 계승하는 고승 대덕의 출현처로 선객들이 줄을 잇는 도량이다.

　뿐만 아니다. 『청춘을 불사르고』의 일엽 스님, 이응로 화백에 얽힌 이야기 등을 담고 있는 수덕사는 청도 운문사, 공주 동학사와 함께 우리나라 3대 비구니 사찰로 알려지면서 1960년대에는 〈수덕사의 여승〉이란 대중가요가 창작될 정도로 관심이 집중되었다. 알고 보면 수덕사는 비구니 사찰이 아닌데 대중의 관심이 엉

뚱한 방향으로 쏠리기도 했다. 다만 국내 최초의 비구니 선방인 견성암과 환희대가 있고 대중가요의 인기는 수덕사를 더욱 대중들 사이에 드높게 만들었다. 이렇듯 유명한 수덕사를 품고 있는 산이 덕숭산인데도 수덕산이라 부르는 이도 있었다. 그러나 덕숭산은 그리 높지 않은 산이라 해도 만만하게 봐서는 안 된다. 산림청이 선정한 '한국의 100대 명산'에 엄연히 들어 있다. 덕숭산 정상에 서보면 안다. 오대산에서 출발한 차령산맥의 등줄기가 서해로 오면서 방향을 틀어 북쪽으로 가야산, 서쪽으로 오서산, 동남 간에 용봉산을 병풍처럼 둘러쳐 그 중심부에 덕숭산을 치솟게 했으니 낮은 산이지만 결코 낮은 산이란 느낌을 주지 않는다.

산은 절을 품었고, 절은 사람을 키웠다. 낮지만 큰 절을 품은 덕

고암 이응로 암각화

숭산 수덕사 일주문 앞 돌다리 건너 서 있는 초가 한 채. 수덕여관이다. 추억을 간직하고 사랑을 아파하는 사람들은 수덕여관 주위를 맴돌다가 떠나도 후회 없으리라. 아니, 환희대 견성암은 찍고 가야겠지. 돌다리를 건너면 안내문이 나온다.

"옛 수덕여관은 고암 이응로 화백의 고택으로 최초의 여류 서양화가 나혜석 씨가 3년간 머문 적도 있었으며 고암 이응로 화백이 1989년 작고하실 때까지 머물던 곳입니다. 동백림사건으로 옥고를 치른 후 1969년에 직접 추상문자 암각화 두 점을 새기셨습니다. 지금은 옛 수덕여관의 원형을 복원하여 각종 문화 전시 공간으로 활용하고 있습니다."

그렇다. 옛 수덕여관은 주인을 잃고 없어졌다. 이응로 화백이 직접 쓴 간판이 기념물로 걸려 있고 여관 입구 들어가기 전 뜰에 암각화 두 점이 철제 울타리에 갇혀 관광 상품으로 놓여 있다. 암각화에 새긴 문자 추상화처럼 이응로 화백의 가슴에도 그의 부인의 가슴에도 또 한 여인의 가슴에도 지울 수 없는 깊은 애증의 상처가 각인돼 있으리. 수덕여관의 역사는 1944년부터다. 집을 구입한 고암은 6·25전쟁 때 피난처로 있으면서 수덕사 덕숭산 일대의 풍경을 화폭에 옮겼다. 전쟁이 중단된 1957년 고암은 독일을 경유하여 파리로 갈 때 부인을 덕숭산 골짜기에 남겨두고 여제자와 함께 떠나버렸다. 연인은 스물한 살 연하였다. 수덕여관은 70여 년의 역사를 안고 있다. 화가 나혜석이 이혼의 상처를 안고 몇 년을 머물렀으며 김일엽 스님이 아들과 눈물의 상봉을 한 장소도 수덕여관이다.

    남편 고암에게 버림받은 아내는 수덕여관을 지키며 원망도 그
리움도 안으로 감추고 나무처럼 풀잎처럼 계절을 바람에 실려 보
내며 살았다. 그 후 고암은 수덕여관을 한 번 찾았고 얼마간 머물
렀다. 1968년 동백림사건에 연루되어 1년여 동안 대전 · 전주교
도소에 수감됐다 풀려난 뒤인 1969년이었다. 옥고를 치르는 동안
옥바라지는 수덕여관을 지켰던 본부인 몫이었다. 고암은 두 달간
머물면서 암각화를 새겼고 다시 아내를 두고 파리로 돌아갔다.

    2001년 고암의 아내는 세상을 떠났다. 주인 잃은 수덕여관은
빈집으로 남았다. 그리고 최근 들어 초가로 복원되어 전시 공간으
로 활용하고 있다.

사랑을 잃고 나는 쓰네

잘 있거라, 짧았던 밤들아

창밖을 떠돌던 겨울 안개들아

아무것도 모르던 촛불들아, 잘 있거라

공포를 기다리던 흰 종이들아

망설임을 대신하던 눈물들아

잘 있거라, 더 이상 내 것이 아닌 열망들아

장님처럼 나 이제 더듬거리며 문을 잠그네

가엾은 내 사랑 빈집에 갇혔네

─기형도, 「빈집」

일주문 들어섰더니 만공 스님이……

일주문을 들어서면 금강문, 사천왕문, 황하정루가 줄줄이 스쳐 지나고 대웅전 앞마당에 당도한다. 무협영화의 동영상을 보는 것 같다. 예전의 수덕사가 아니다. 일주문을 지나 타원형으로 휘어져 돌던 옛길은 사라졌다. 직선이다. 화려하다. 인공의 값비싼 돌 치장이 원래의 수덕사는 창고에 보관하고 전시용 사찰을 보여주는 듯하다.

아무튼 대웅전 앞이다. 국보 제49호. 수덕사의 본모습. 있어줘서 고맙다. 영주 부석사 무량수전, 강진 무위사 극락보전과 더불어 한국의 3대 고건축물로 우리의 자랑거리다. 1308년(고려 충렬왕 34) 창건했으니 7백여 년을 살아온 건물이다. 별다른 단청이 없다. 고졸하다. 큰절 올리고 개울물 졸졸 흐르는 계곡으로 발걸음을 옮겨 정혜사로 향한다. 계곡을 타고 흐르는 물 위에 아치형 다리가 놓여 있고 다리 아래는 지난겨울 얼었던 물이 맑은 소리로 봄을 부른다.

그때 어디서 왔을까. 백구를 앞세운 스님이 앞서 가신다. 스님의 거처인 무지개 다리를 건너실 모양이다. 나는 순간 장난기 많으신 만공 스님이 떠올랐다. 아니, 이분이 견공(犬公) 동무 삼아 봄나들이 오신 만공 스님 아니신가요? 묻고 싶어졌다.

칠선녀와선(七仙女臥禪)—만공 스님은 젊은 여인의 벗은 허벅지를 베개로 삼지 않으면 잠들 수 없다 했다. 일곱 여인의 허벅지를 베고 잠들었다 해서 '칠선녀와선'이란 말이 전해진다.

경허 스님의 수제자였던 만공 스님은 근대 한국 최고의 선승이다. 숱한 일화와 기행도 빼놓을 수 없다. 계율에 얽매이지 않고 호방하며 마음을 중요시한 선풍을 대변했다.

1930년대 말 만공 스님이 수덕사에 계실 때, 스님을 시봉하던 어린 진성사미가 사하촌의 나무꾼을 따라 나무하러 갔다가 짓궂은 나무꾼들에게 재미있는 노래를 배우게 되었다.

저 산의 딱따구리는

생나무 구멍도 잘 뚫는데

우리 집 멍텅구리는

뚫린 구멍도 못 뚫는구나

〈딱따구리 노래〉였다. 물정 모르고 철없는 진성사미는 노랫말의 뜻을 알 까닭이 없었다. 그래서 절 안을 오가면서 심심하면 이 노래를 구성지게 목청 높여 불렀다. 마침 만공 스님이 지나가다 이 노래를 듣고 어린 사미를 불렀다.

"네가 부르는 노래가 참 좋구나. 잊어버리지 말거라."

"예, 큰스님."

진성사미는 큰스님의 칭찬에 신이 났다. 더욱 열심히 구성지게

부르면서 절 생활을 했다. 그러던 어느 봄날, 서울의 이왕가(李王家)의 상궁과 나인들이 만공 스님을 찾아뵙고 법문을 청하였다. 스님은 쾌히 승낙하고 좋은 법문이 있으니 들어보라 하였다. 진성사미를 불러 〈딱따구리 노래〉를 불러보라 일렀다.

"저 산의 딱따구리는 생나무 구멍도 자알 뚫는데⋯⋯"

어린 사미는 큰스님께 칭찬받던 일을 떠올리며 많은 여자 손님들 앞에서 목청을 돋우며 구성지게 불렀다. 갑작스럽게 생각하지 못한 노래를 듣게 된 왕실에서 온 청신녀(淸信女)들은 얼굴을 붉히며 안절부절 고개를 숙이고 있었다. 이때 만공 스님의 말씀이 있었다.

"이 노래 속에 인간을 가르치는 만고불력의 직설 핵심 법문이

소림초당

있소. 마음이 깨끗하고 맑은 사람은 딱따구리 법문에 많은 것을
얻을 것이나, 그렇지 않은 사람은 이 노래에서 추악한 잡념을 일
으킬 것이오. 원래 참법문은 맑고 아름답고 더럽고 추한 경지를
넘어선 것이오. 진리는 지극히 가까운 데 있소. 큰길은 막힘과 걸
림이 없어 원래 훤히 뚫린 것이기 때문에 지극히 가깝소. 이 노래
는 뚫린 이치도 제대로 못 찾는 딱따구리만도 못한 세상 사람들을
풍자한 훌륭한 법문이오."

　말씀이 끝나자 청신녀들은 합장 배례했다. 서울 왕궁에 '딱따구
리 법문'이 전해지자 왕궁에서 〈딱따구리 노래〉가 또 한 번 불러
졌다고 한다.

　스님의 법문을 들으며 오르는 길이 가파르지만 힘들지 않다. 새

로 조성한 사면석불(四面石佛)도 만나고 계속 이어지는 돌계단을 따라 등산객들이 내려온다. 만면에 즐거운 표정들이다. 절벽 위에 초가집 한 채가 서 있다. 만공 스님이 참선했던 소림초당이다. 좀 더 오르면 향운각이다. 향운각도 깎아지른 벼랑 위에 있다. 향운각 앞에 만공 스님이 1924년에 세운 높이 7.5m의 관세음보살 입상이 있다. 이를 허투루 봐서는 안 된다. 자세히 봐야 한다. 스님의 마음이 그곳에 고스란히 담겨 있다. 관세음보살 입상은 모든 중생의 여덟 가지 고통을 덜어주는 감로수 병을 손에 들고 있다. 머리에는 어머니의 은혜에 보답하기 위하여 이마에 어머니의 상호를 모시고 있다. 여느 입상과는 다른 점이다. 관음석불 옆 대숲 아래 석간수가 흐른다. 이마에 흐르는 땀을 식혀주는 약수이며 고통을 덜어주는 감로수다. 그곳에서 바라보면 걸어 올라왔던 삶의 길이 아련히 보이며 수덕사 전경도 한눈에 잡힌다.

석불에 합장하고 다시 걷는 갈지자[之] 오름길은 키 큰 소나무들 바람 소리가 만공탑으로 이끈다. 스님의 제자들이 세운 현대식 부도다. 탑 위에 커다란 공이 하나 얹혀 있다. 만공이다. 그곳에서 숨을 고르며 100m를 가면 정혜사다. 입구에 들어서면 바위에 세운 석탑이 신심을 발원하며 하늘을 향해 쭉쭉 뻗은 소나무가 멋부리며 서 있다. 소나무 아래서 바라보는 풍광은 덕숭산 제일의 조망 장소다. 해미읍이 가물거리며 용봉산이 응답한다.

정혜사를 벗어나 덕숭산 정상으로 향하면 스님들이 가꾸는 채소밭이 나오며 돌계단이 사라지고 흙길이 이어진다. '덕숭산 0.6km, 수덕사 1.2km' 짧은 거리의 이정표다. 그런데 도상 거리

에 비해 나는 몇십, 몇백 년의 시간과 공간을 오고 간 것 같다. 살갗을 건드는 꽃샘바람 탓이려니 한다. 정상을 오르고 다시 정혜사를 들러 왔던 길을 사양하고 임도를 따라 수덕사로 내려간다. 앞서 말했지만 포장도로다. 흙길이 아니어서 옛길 걷기 맛은 없지만 돌고 도는 길이 재미있다. 세상 이치를 말해주는 듯해서 흥미롭다. 향적당 담 아래서 큰개불알풀이 보라색 꽃을 피워 올려 봄소식을 전하고 있다. 한참을 돌았더니 비구니들의 수행처 견성암이다. 봄 햇살 손잡고 왔던 길만큼 한적하다. 소란했지만 한적했던 길, 길은 밖으로가 아니라 내 안으로 나 있었다.

수덕사 만공스님길

정해사
만공탑
관음석불
소림초당
걷는 길
수덕사
자동차길
사천왕문
금강문
수덕여관
일주문
홍성 · 해미
덕숭산

🚗 교통

서해안고속도로 해미IC로 나와 36번 국도 따라 예산 방향으로 12km 가면
수덕사 이정표가 나온다.

🏠 숙박

서울을 기준으로 당일 여행이 충분하다. 숙박 시설은 덕산 온천 지구에 여
럿 있다.

초가 한 채

소나무 그늘 끝에
잘생긴
초가 한 채

야무진
솔방울이
슬쩍,
떨어진다

그리움

속으로 안고

무심(無心), 바라본다

학을 불러 타고 폭포를 올라볼까

화개에서 불일폭포까지

　전남 구례읍에서 섬진강을 따라 흐르다 보면 화개장터를 만난
다. 흐르는 강을 따라 가는 길은 19번 국도. 벚꽃이 휘날리는 봄밤
에 그 길을 달리면 환상의 나라에 온 것 같다. 두 줄기 불빛 속에
춤을 추듯 날리는 꽃비의 몸짓은 오래도록 꿈결마저 뒤척이게 하
리라.

　구례에서 화개로 가는 길은 구례군 토지면 땅인데 토지면에는
우리나라에서 제일 작은 마을과 제일 큰 마을이 있다. 이름하여
오미리와 구만리다. 5mm? 9만 리? 이 산 저 산에서 꽃 시샘하며
터지는 봄날 웃자고 하는 소리이니 독자들께서는 너무 타박하지
마시라.

　아무튼 피아골 입구를 지나가다 보면 하동과 구례의 중간쯤에
화개장터가 있다. 강 건너에는 봄 한 철 매화 구경으로 몸살을 앓
는 광양 매화마을이 아련하게 보이고, 화개는 사람과 차량이 뒤엉
켜 시골 장터가 아닌 거대한 유원지로 변해 있다. 전라도에서 경

상도로 경계를 넘었고 그 경계에는 화개동천을 따라 '쌍계사 벚꽃 십리길'이 갈래를 치며 다시 이어진다. 수령 50~70년을 뽐내는 아름드리 벚나무들이 골을 따라 이리저리 휘어지며 이어진 도로 양편에서 터널을 이룬다. 걷지 않고 두 눈에 담지 못해도, 상상만 해도 기분 좋지 않은가. 몸살 나게 아름다운 이 길을 벚꽃 흐드러지게 피어 있는 봄날 사랑을 눈치챈 푸른 청춘들이 걸으면 사랑이 이루어진다 해서 '혼례길'로 부르기도 한다. 길고 깊은 지리산 계곡을 타고 내려오는 밤바람에 밤 벚꽃이 휘몰이하는 이 길을 걷는

다고 상상해보시라. 주먹만 한 별들이 하늘에서 쏟아지는 그런 밤이라면 어떻게 하시려는가.

매화 그늘에 앉아 산수유 술에 취하다

▲화개장터─벚꽃 십리길─쌍계사─불일폭포 가는 길이 오늘 내가 걸어야 할 일정이다.

전라도와 경상도를 가로지르는
섬진강 줄기 따라 화개장터엔
아랫마을 하동 사람 윗마을 구례 사람

닷새마다 어우러져 장을 펼치네
구경 한번 와보세요
보기엔 그냥 시골 장터지만
있어야 할 것은 다 있구요
없을 건 없답니다 화개장터

광양에서 삐걱삐걱 나룻배 타고
산청에서 부릉부릉 버스를 타고
사투리 잡담에다 입씨름 흥정이
오순도순 왁자지껄 장을 펼치네
구경 한번 와보세요
오시면 모두 이웃사촌

매화 향기를 전하며

스님은 참선 중

고운 정 미운 정 주고받는

경상도 전라도의 화개장터

—조영남 작사 · 곡 · 노래, 〈화개장터〉

조영남의 노랫말처럼 화개장터엔 있어야 할 것은 다 있고, 지금은 없어야 할 것도 많다. 향수를 불러오는 삐걱삐걱 나룻배는 없지만 경상 · 전라를 잇는 다리가 아름답게 놓여 있다. 화개장은 해방 전에는 전국 오일장 가운데 5위 안에 드는 큰 장이었다. 지금은 상시 시장이 개설되어 오일장은 사라졌다. 마음 들뜨는 날을 잡아 찾아가면 장은 언제나 열려 있고 반긴다.

쌍계사 방향으로 길을 잡는다. '벚꽃 십리길'로 들어선 것이다. 정확히 표기하자면 화개에서 쌍계사까지 6km 거리이니까 '벚꽃 시오리길'이 온당하겠지만 편의상 그러려니 한다. "화개장터에서 쌍계사에 이르는 시오리길은 길멀미가 나지 않는 곳. 경을 치게 해맑고 아름다운 곳"이라 했던 소설가 김동리(1913~1995) 선생을 떠올려 본다. 선생은 화개를 배경으로 단편소설 「역마」를 썼다.

그 경을 치게 해맑고 아름다운, 길멀미 나지 않는 길을 나는 걷는다. 꽃이 피는 어디인들 그렇지 않으랴만 화개는 유별나게 꽃이 지고 피는 곳으로 이미지가 새겨져 있다. 매화, 산수유가 피었다지면 벚꽃, 진달래가 따라 핀다. 꽃의 이름은 생명의 윤회가 모양과 색깔을 바꿔가며 우리에게 희로애락 생로병사를 보여주는 것이 아닌가 생각해본다. 자연이 인간에게 주는 은혜인가, 가르침인가.

지난겨울은 독하게 춥고 길었다. 봄이 왔는가 싶으면 버릇 나

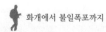
화개에서 불일폭포까지

쁜 노인의 심술처럼 다시 추위가 오기를 몇 번씩 반복하다 보니 꽃들도 피는 시기를 잡지 못했던 모양이다. 벚꽃도 일주일은 더디게 왔다. 아름드리 벚나무에 아직 만개는 아니지만 조용조용 그윽하게 꽃이 피어나는 순서를 정하고 있었다. 파란 하늘이 아니어서 연분홍 벚꽃의 품위는 오히려 그윽했다. 보랏빛 제비꽃이 나무의 밑동에서 바람을 피해 얼굴을 내밀었다. 도로는 비교적 한갓지다. 섬진강 건너 광양 매화마을로 사람들이 몰린 탓이다. 도로 왼편 언덕 밭에 매화꽃이 한창이다. 노랗고 하얀 나비들이 꽃을 찾아 날고 벌들도 열심히 꽃 속으로 드나든다. 냉이꽃, 꽃다지, 산자고, 별꽃 등 들꽃이 매화꽃 흐드러지게 핀 밭에 다투어 피어나고 줄 잘못 서는 유치원생처럼 밭둑을 따라 노란 개나리가 들쭉날쭉 길게 줄지어 피어 있다. 일찍 핀 벚꽃 아래 펼쳐진 야생 차밭이 배경이 되어 봄 풍경을 연출하고 그 너머에는 보리밭이 시원스레 초록 융단을 펼쳐놓았다.

길은 가다가 어느 지점에서 두 갈래로 나뉜다. 일방통행 지점이다. 일흔 살쯤 된 벚나무는 너무 과묵한 탓인지 아직 봉오리도 내놓지 않고 더 느긋하게 기다리라는 지시다. 사람도 차량도 없어 길은 텅 비어 더 정겁고 시원스럽다.

아스팔트 길을 걸었더니 다리가 제법 팍팍해온다. 나무데크로 올랐다가 다시 내려선다. 눈 아래 매화밭이 펼쳐져 있다. 해는 중천이고 목이 마르다. 주인 없는 매화밭으로 들어가 꽃이 가장 아름답고 탐스러운 나무 아래 주저앉는다. 이마에 땀이 조금 밴다. 바람이 불어온다. 순간, 매화꽃이 휘날린다. 땀에 젖은 내 이마 위로 꽃잎이 날아와 살짝 붙는다. 아! 이런 횡재라니. 이럴 때 어떻게 해야 하는 것인지 모르겠다. 아니, 생각났다. 화엄사 입구 식당에서 아침을 먹으면서 한 병 샀던 산수유 술이 떠올랐다. 배낭을 열었더니 서울에서 행동식으로 준비했던 닭다리도 함께 나왔다. 두 손으로 공손히 산수유 술을 컵에 가득 부어 단숨에 두 잔! 닭다리 안주 삼아 한 잔 더! 아, 살다 보니 세상에 이런 일도 있구나. 매화 꽃잎 하르르 날리는 꽃그늘에 누워 하늘을 보니 눈물이 난다. 너무 아름다워서 눈물이 난다. 세상은 아름다운 것인가, 아니면 슬픈 것인가. 슬픔도 아름다움일 터. 이별도 사랑의 다른 이름일 터. 매화 날리니 시가 절로 떠오른다. 그런데 하필이면 왜 이런 시란 말인가.

봄에 하는 이별은 보다 현란할 일이다
그대 뒷모습 닮은 지는 꽃잎의 실루엣
사랑은 순간일지라도 그 상처는 깊다
가슴에 피어 있는 그리움의 아지랑이
또 얼마의 세월이 흘러야 까마득 지워질 것인가
눈물에 번져 보이는 수묵빛 네 그림자
가거라, 그래 가거라 너 떠나보내는 슬픔
어디 봄 산인들 다 알고 푸르겠느냐
저렇듯 울어쌓는 뻐꾸긴들 알고 울겠느냐
봄에 하는 이별은 보다 현란할 일이다
하르르하르르 무너져 내리는 꽃잎처럼

그 무게 견딜 수 없는 고통 참 아름다워라

―박시교, 「이별 노래」

최치원은 학을 불러 타고 불일폭포는 산을 깨치고

한 시절 잘 놀았다. 봄꿈에서 깨어나 쌍계사로 향한다. 불일폭
포로 가기 위해서다. 차가 다닐 수 없는, 사람만이 다닐 수 있는
옛길, 쌍계사―불일폭포 2.4km 구간 거리는 짧지만 알짜배기 길
이다. 조금 전에 걸었던 화개―쌍계사 6km 코스가 관광이라면 지

금부터는 명상과 자기성찰의 길이다. 이쯤에서 각자의 선택이 필요하다. 화개-쌍계사에서 멈출 것인지, 불일폭포까지 걸어갈 것인지, 아니면 벚꽃 터널길을 차로 통과하고 오롯이 쌍계사-불일폭포 코스로 예정하고 산길로 바로 접어들어 길과 산을 음미하든지. 결정은 걷는 자의 몫이다.

나는 '벚꽃 십리길'을 걸어왔고 다시 이어서 불일폭포로 가기 위해 쌍계사 일주문을 들어선다. 속세를 떠나 부처의 세계로 들어서는 첫 관문이다. 항상 한결같은 마음으로 수도하고 교화하라는 뜻으로 세운 일주문. 양쪽에 하나씩의 기둥을 세워 받치게 한다 하여 일주문(一柱門)이라 한다. 쌍계사의 일주문은 화려하고 아름답다. 그러나 관심 있게 보면 쌍계사의 일주문은 보조 기둥을 세워 일주문으로서의 성격을 상실해버렸다. 겹처마로 이루어진 다포계 팔작지붕 건물이다. 처마를 받쳐주는 기둥머리의 장식[包作]은 역삼각형의 거대한 모습을 하고 있으면서도 출목의 간격이 넓고 가늘어 섬세하고 화려하다. 넓은 지붕이지만 받침기둥[活柱]을 하지 않고, 그 대신 기둥 앞뒤에 보조 기둥을 설치하여 지붕의 안정성을 도모했다. 일주문으로는 드문 팔작지붕이다. 장식성이 강조된 점으로 봐서 조선시대의 양식이 아닌 근대적 성격의 건물이라 할 수 있다.

일주문을 지나 대숲에서 불어오는 바람 소리를 들으며 곧바로 걷는다. 금강문에 이른다. 금강문 옆에 서 있는 대나무들이 쭉 뻗은 키를 자랑하며 가지런히 서 있다. 바람에 조금씩 흔들린다. 흔들리지 않으면 바람이 무안해할까 조금 흔들려준다. 그래서 고산

윤선도는 「오우가」에서 대나무를 군자로 읊었을까.

　　나무도 아닌 것이 풀도 아닌 것이
　　곧기는 뉘가 시켰으며 속은 어이 비었는가
　　저렇게 사시에 푸르니 그를 좋아하노라

　꽃들은 다투어 피어나고 바쁠 것 없는 나는 하늘을 올려다본다. 대나무 우듬지가 큰 붓이 되어 하늘을 화선지 삼아 무엇인가를 그리고, 쓰고 있다. 속세를 떠난 지 얼마 안 된 나는 그걸 읽거나 깨

달을 수가 없다. 못 읽고 못 알았다 해도 덕분에 잠시 쉬었다. 대나무야 고맙다. 나도 마음이 조금씩 비워지는 느낌이다. 세 번째 문인 천왕문을 통과한다. 마음이 조금 바빠진다. 왼쪽은 불일폭포 국사암 금당, 오른쪽은 대웅전 진감 국사비 화살표가 나온다. 발걸음을 재촉해 계단을 오른다. 전나무, 검팽나무, 동백나무가 경사진 길에서 기다리며 어서 오르란다. 절집이 발아래서 조용히 지켜본다. 소나무와 산죽이 양옆으로 서 있어 두어 사람 지날 수 있는 흙길이 고요하고 공손하게 맞이한다. 국사암 삼거리 나무 쉼터에서 생수 한잔 마시고 길을 다잡는다. 저쪽에 나무를 지게에 지

고 오는 사람이 시간과 공간을 갑작스레 갈라놓는다. 흙길을 밟고 돌계단을 내려오는 지게 진 사람. 오랜만에 만난 정겨운 내 유년의 풍경 한 컷.

그래! 길은 이쯤은 돼야 옛길이지. 어머니의 손을 잡고 걸었던 외갓집 가는 산길. 밤부엉이 느린 울음에도 나는 움찔 오줌을 지렸지. 흙길을 지나자 계곡 길이 나온다. 소나무 뿌리가 바위 위에 그대로 드러나 있다. 어느 해 홍수 탓이겠지. 백동백, 졸참나무, 개비자나무, 비목, 감나무, 산뽕나무, 느티나무, 짝자래나무, 산돌배나무들의 사열을 받다 보니 어느새 환학대(喚鶴臺)다. 신라 말기의 학자 고운 최치원이 속세를 떠나 이상향인 청학동을 찾아다녔는데 이곳 환학대에서 학을 불러 타고 다녔다는 바위다. 환학대를 지나는 길은 아주 편하다. 흙길의 소실을 방지하기 위해 바닥에 돌을 심어놓았다. 그 옛날, 그는 누구였을까. 지리산 깊은 속에 길을 열고 돌을 깔았던 사람들은. 엄마 아빠 따라 불일폭포에 갔다 오는 꼬마들의 발걸음이 가볍다. 조금 갔더니 마족대(馬足臺)다. 임진왜란 당시 명나라에서 조선을 돕기 위해 원군으로 이여송(李如松) 장군이 말을 타고 지리산을 오를 때 생긴 말발굽 자국이 바위에 새겨졌다는 마족대. 아, 이여송 장군이 지리산을 말을 타고 넘었구나? 산길 걸을 때 힘에 부치면 이런 스토리가 최고다. 바위에 말발굽 자국이 선명하다.

생명의 힘은 무한하다. 바위를 깨고 나무가 몇십 년을 자란 모습이 걷던 길을 멈추고 경외심을 갖게 한다. 생명이 존재하는 동안 불가능은 없다. 산속에서의 중얼거림. 그 소릴 들었는지 부부

장승 사이에 아이 장승 둘이 서서 메롱 한다. 불일평전 앞이다. 1970년대 말까지 농사를 지었던 곳이다. 1980년대 들어 야영장으로 조성하여 오늘에 이르렀다. 무인 대피소가 있고 폭포 휴게소가 있다. '폭포까지 10분 →' 화살표가 친절하다. 길은 외길이고 신우대 사이로 난 길은 흙길이다. 밟고 걷기에 좋다. 어디선가 물 쏟아지는 소리가 계곡을 흔든다. 돌을 깎아 만든 가파른 샛길에 나무 난간을 설치해 안전사고를 예방해놓았다. 오른쪽을 내려다보니 바닥은 보이지 않고 저 아래 벼랑 밑에서 물소리만 요란하다. 조심조심 오른다. 불일암 돌축대를 지나 돌계단은 다시 급하강한다. 저쪽 돌산에서 떨어지는 60m의 물줄기 불일폭포가 장대한 모습을 드러낸다. 봄 가뭄으로 폭포가 여위었다.

폭포 아래 용소에 살던 용이 승천하면서 꼬리로 살짝 쳐서 청학봉, 백학봉을 만들고 그 사이로 물이 흘러 폭포가 되었다 한다. 고려 희종(熙宗, 1204~1211) 때 보조국사 지눌이 이 폭포 근처에서 수도하였는데 입적 후 희종은 시호를 불일보조(佛日普照)라 내렸다. 그 시호를 따서 불일폭포라 하였으며, 지눌이 수도했던 암자를 불일암이라 불렀다.

불일폭포를 나와 불일암에 올라 키 큰 소나무 사이로 뻗어난 계곡을 바라보니 폭포 소리와 솔바람 소리가 귀를 씻어주며 길 잃지 말고 왔던 길 따라 하산하라 타이른다.

쌍계사에 당도하니 저녁 예불 시간이다. 스님의 법고 소리, 그윽하게 땅거미 사이로 퍼지고 있었다.

화개에서 불일폭포까지

○ 불일폭포

칠불암　　불일암

쌍계사

벚꽃십리길

○ 화개장터

〈토지〉
세트장

구례

하동

🚐 교통

서울남부터미널에서 하동(구례·화개 경유) 직행버스 이용. 1일 6회. 자가
운전은 호남고속도로로 운행. 대중교통이 자유롭다.

🏠 숙박

화개장터나 쌍계사 근처에 많다.

홍매

이런 봄날 꽃이 되어

피어 있지 않는다면

그 꽃 아래 누워서

탐하지 않는다면

눈보라

소름 돋게 건너온

사랑인들 뜨겁겠느냐

나를 찾아 문 없는 문 안으로 들다

오대산 옛길

오대산 옛길

오대산 옛길 걷는다. 월정사 일주문에서 시작하여 ▲월정사 – 부도밭 – 오대산장 – 상원사까지 9.4km 구간이다. 스님들이 옛날 월정사에서 상원사를 오고 가며 걸었던 길을 따라 걷는다. 몇 년 전만 해도 옛길이 복원되지 않아 자동차와 함께 걸어야 하는 불편함이 있었지만 구간 개통을 거듭한 끝에 이제는 전 구간이 복원되어 걷는 이들이 숲 사이로 정겹게 이어지는 흙길을 흡족하게 걸을 수 있게 되었다. 그렇다고 계속해서 흙길을 따라 걸을 수는 없다. 더러는 시멘트 다리를 건너고 포장도로를 걷는다. 징검다리를 건너고 섶다리를 건넌다. 사행천인 오대천을 끼고 걸어야 하기에 길이 휘어지는 듯싶으면 다시 곧바로 가기도 한다. 현재는 개통된 전 구간의 부족한 점들을 보완하고 있다. 어찌 되었건 자동차는 먼지 날리며 달리고 사람은 먼지 마시며 걸어야 했던 불편한 점은 없어졌다. 오롯이 걷는 맛을 느낄 수 있는 길이 생긴 것이다. 사람들은 잃어버렸던 길을 다시 찾은 셈이다.

오대산 긴 계곡을 걷고 싶어도 자동차로 월정사 찍고, 상원사 경내 한 바퀴 휘 둘러보고 왔던 이들에게 까닭 없이 부산스럽고 단조로운 원행이 아닌 조곤조곤 숲과 길을 음미하며 자신을 돌아볼 수 있는 자연 공간이 생긴 건 축복이다. 등산을 즐기는 꾼들에게도 축복은 마찬가지다. 상원사 주차장까지 차로 이동하여 적멸보궁을 거쳐 오대산 정상 비로봉(1539m)을 밟고 하산하여 곧바로 차로 오대천 계곡을 따라 되돌아오기 일쑤였다. 천년의 숲을 이루고 있는 전나무 숲길은 차창 밖으로 건성, 스치고 올 뿐이었다. 이제부터 산이 부족할 일이 좀 가신 듯하다. 월정사 일주문에서 산행을 시작한다. 걸어 걸어, 옛길을 따라 징검다리 건너고 숲길을 지나 상원사까지 평지를 걷다가 본격 산행을 시작하면 준비운동 충분히 해줬겠다, 단숨에 오대산 정상을 치고 오르는 그 상쾌함을 만끽할 수 있지 않을까.

걷기를 즐기는 사람에게도, 등산을 고집하는 건각들에게도 오대산 옛길 복원은 축복이며 박수를 받을 만한 일이다.

흙길 따라 전나무 숲에 들다

승용차를 가지고 오신 분들은 매표소 앞에서 차를 버리시라. 버스나 택시를 이용한 분들도 매표소 앞에서 하차하시라. 그리고 걸으시라. '월정대가람(月精大伽藍)'이라 쓰인 힘차고 강직한 글씨의 현판이 걸려 있는 일주문이 기다린다. 단청이 화려하다. 이 글씨에 주목해야 한다. 1950년 한국전쟁의 참화로 칠불보전을 비롯하여 영산전, 진영각 등 열일곱 동의 건물이 모두 불타고 월정사 소장 문화재와 자료들도 잿더미가 되어버렸다. 그 후 1964년 탄허 스님이 적광전을 중건하면서 오늘의 월정사 규모를 이룩했다. 폐허 속에 있는 월정사를 일으켜 세운 탄허 스님의 친필이 '월정대가람' 현판 글씨다.

절의 입구임을 알리는 일주문은 가람배치로 볼 때 경내로 들어서기까지 거치게 되는 세 개의 문 가운데 첫 번째 문이다. 절의 입구에 있어 절의 위용을 한눈에 느끼게 해주는 일주문은 모든 중생

이 자유롭게 드나들라는 의미에서 문을 달지 않았다. 기둥을 양쪽으로 하나씩 세워 문을 지탱하는 구조에서 일주문이라는 이름이 유래되었다. 두 기둥을 일직선 상에 세웠다는 의미도 포함되어 있다. 월정사 일주문은 언뜻 보아도 화려하다. 일주문 뒤로 배경이 된 녹색의 전나무 숲 앞에 선명하게 서 있다.

'문 없는 문'을 지나면 곧바로 천년의 숲, 전나무 숲길이다. 맨발로 걸어도 충분히 좋을 흙길이다. 실제 맨발 걷기 체험 행사도 한다. 맨 처음엔 흙길이었겠지만 오랜 세월 동안 포장길이었던 것을 2008년 옛길로 복원하기 위해 포장을 걷어내고 모래와 황토를 혼합하여 다시 길을 만들었다. 잎이 바늘 모양인 늘 푸른 큰 키의 전나무가 월정사 금강교까지 1km가량 이어진다. 1700그루의 전나무가 자라고 있다는데 이는 고려 말 처음 심었던 나무가 번식하여 숲을 이룬 것이라니 1천 년을 넘는다.

흙길을 따라 얼마쯤 가다 보면 성황각을 만난다. 해발 600m의 청정 고원 오대산 일주문 안에 웬 성황각? 이곳은 이 지방의 토속신을 모신 곳이다. 맞배지붕에 크기는 두 평 남짓하지만 이 성황각은 모든 사상과 믿음을 수용하려는 불교의 넓은 가르침을 보여주고 있다. 성황각은 사찰로 가는 일주문 전이나 일주문에서 사천왕문 사이 또는 옆에 모시고 있으며 국사당, 국사단, 가람당이라 부르기도 한다. 발바닥이 간질간질하도록 편한 길을 걷는데 봄 햇살 따스한 이곳은 아직 초여름이 아닌 봄날이다. 길옆 전나무 아래 야생화들이 한창이다. 꿩의바람꽃, 노랑무늬붓꽃, 얼레지, 노루귀 등 봄 야생화가 곱고 화려한 자태를 뽐낸다. 아, 저기 회리바

람꽃도 시늉한다. '나 여기 있어요!'라고. 길을 걷는 동안 식물은 식물대로 나를 학습시키고 오대산국립공원 측에서는 친절한 안내 표지판으로 자연에 대해 학습시킨다. 배낭 뒤 끈 탁 털고 속도를 낼 수가 없다.

버섯은 숲 속의 청소부란다. 왜일까. 오래된 나무나 쓰러진 나무에 또는 낙엽 위로 버섯이 산다. 버섯은 죽었거나 약해진 동식물의 몸 안에 균 형태로 들어가 영양분을 얻고 적당한 습도와 온도가 갖춰지면 밖으로 나와 식물처럼 몸을 편다. 버섯은 동식물을 분해하여 결국 흙으로 만들고 그 흙이 다른 동식물의 양분이 되기 때문에 숲도 청소하고 숲을 건강하게 유지시키는 중요한 역할을 한다는 것.

오대산에 들었으니 오대산의 오대(五臺)도 살짝 알고 걸으면 재미있을 것 같다. 다섯 개의 봉우리와 다섯 개의 암자가 있다 하여 오대산이란 이름이 붙여졌다. 신라 자장율사가 당나라의 오대산 문수 신앙을 신라에 받아들여 수용한 곳이 오대산이며 그 후 오대산은 우리나라 문수도량의 성지로 자리매김하였다. 오대산은 문수보살이 계신다는 문수 신앙으로 시작, 오대에 각각 1만의 보살이 계신다는 5만 보살 신앙으로 발전했다. 다섯 봉우리는 주봉인 비로봉을 중심으로 동서남북으로 상왕봉(1485m), 두로봉(1421m), 동대산(1433m), 효령봉(1560m)이다. 다섯 개의 높은 봉우리가 오목하게 원을 그린 모습은 흡사 다섯 장의 꽃잎으로 이루어진 연꽃을 연상시킨다. 다섯 암자의 이름은 동대 관음암, 서대 염불암, 남대 지장암, 북대 미륵암, 중대 사자암이다. 사자암 바로 위에 있는 적멸보궁은 석가의 정골사리를 봉안한 곳이다. 정골사리는 양산 통도사, 오대산 상원사, 설악산 봉정암, 사자산 법흥사, 태백산 정암사에 모셔져 있으며 이를 '오대적멸보궁'이라 부른다.

놀면서 배우면서 걷다 보다, 아름드리 전나무 둘레를 어른이고 아이들이고 서넛씩 양팔 벌려 재고 있다. 동행자들이 사진 찍기에 바쁘다. 녹색의 오대천 수면에 오색등을 달고 있는 금강교가 그림처럼 눈에 들어온다. 월정사 입구다. 오색 연등의 터널이 화려하다. 5월의 햇살을 받아 색깔이 맑고 투명하다. 바람이 불 때마다 소원 성취 꼬리표들이 춤을 춘다. 만수무강, 소원 성취의 극락춤사위다. 천년의 숲길을 벗어나 두 손 모아 합장하고 월정사 경내로 들어선다. 적광전 앞에 세워진 팔각구층석탑(국보 제48호, 높이 16.2m) 위로 펼쳐진 파란 허공에 흰 구름 한 점 떠 있다. 성보박물관도 둘러보고 석조보살좌상(보물 제139호)도 친견하고 불유각(佛乳閣)에서 맑고 차가운 샘물로 몸과 마음의 갈증을 풀고 상원사로 향한다.

그런데 불유(佛乳)? 부처님의 젖을 마신 것이다. "불유(佛乳)의 맑은 샘 마음을 적시고 유미(乳味)의 단맛은 갈증을 풀어주네"라는 글이 적혀 있다.

강물을 거슬러 오르는 연어처럼

월정사를 벗어나면 포장된 도로를 따라 조금 걸어야 한다. 이

구간은 자동차와 잠시 동행하며 걷는 길이다. 양해하시라. 지장교를 건너 남대 지장암도 살짝 가보고 되돌아와 걸으면 부도밭이다. 부도는 붓다(Buddha)에 대한 음역으로 처음에는 불교를 의미하였다. 그러나 이후 의미가 진화해 스님의 무덤을 상징하여, 유골이나 사리를 모셔두는 곳을 일컫게 되었다. 일반적으로 부도밭은 가람을 수호하는 의미가 강해서 사찰 입구에 위치하고 있는데 월정사는 사찰 안쪽에 있는 것으로 보아 풍수설의 영향에 의한 것으로 보고 있다. 부도밭을 에둘러 있는 전나무들은 싱싱하게 하늘 높이 치솟아 있다. 곧바로 반야교다. 이 다리를 쉽게 건널 수 없다. 서울에서 이미 지고 없는 진달래의 짙은 선홍 자태가 걸음을 멈추게 한다. 봄을 시작하는 갯버들의 연둣빛 잎이 물무늬 번지는 강물 위에 물감을 풀어놓은 듯 퍼져 있다. 물속에 깔린 돌멩이들이 훤히 들여다보인다.

회사거리 지점이다. 보메기-섶다리-동피골 야영장을 지나면 상원사까지 3.3km가 남는다. 그런데 '회사거리'란 지명이 궁금하다. 일제강점기 때 이곳에 일본인이 운영하는 큰 회사인 제재소가 있던 자리다. 오대산에서 벌목한 나무로 재목을 만들어 외부로 운송하기 위해 협궤철도를 놓기도 했다. 회사거리를 중심으로 위쪽에는 360여 가구의 화전민이 마을을 이루고 살았다. 화전민은 1960년대 말 이주시켰고 지금은 그 흔적이 남아 있다. 회사거리에서 옛길을 따라가려니 징검다리가 놓여 있는데 비가 온 탓인지 징검다리가 물에 잠겨 등산화를 벗고 맨발로 건넌다. 시원하고 약간 아린 듯 발바닥이 뜨끔거린다. 기분은 하늘 높이 상쾌하다. 일부러 발을 씻기도 하는데 이런 복이 다 있으니 오늘 걷는 옛길은 감각적으로 오래 각인될 것 같다. 오대천을 맨발로 건너 좀 쉬면서 맑은 물에 발장구를 치며 노닐다 다시 전진한다. 연노랑 산괴불주머니가 옛길 입구에서 흔들 건들 반긴다. 전나무에서 소나무숲으로 바뀐 평지에 산괴불주머니가 군락을 이루며 피어 있다. 쓰러진 나무를 넘어 길을 따라가니 괭이눈이 올려다본다. 화전지대를 벗어나자 길은 개울가로 내려간다. 돌길이다. 튼실한 물황철나무가 버티고 서 있다. 다시 개울을 건너라고 징검다리가 놓여 있다. 물이 너무 맑다. 이곳에 열목어, 둑중개, 금강모치, 쉬리, 버들치 등이 살고 있다니 생태계 보호의 중요성을 생각해본다.

이제부터 옛길은 아예 흐르는 물과 함께 가는 길이다. 강물은 아래로 흐르고 나는 상류로 거슬러 오르는 한 마리 연어처럼 비늘을 반짝이며 오른다. 나무다리를 건너 화강암 위에 발자국을 찍는다. 바위와 바위 사이를 세차게 흐르는 물이 하얀 포말을 날리며 요동친다. 봄날의 역동성. 멋지다. 검은 바위 흰 물살. 물이 고인 바위 웅덩에 무당개구리들이 나와 짝짓기를 한다. 자연의 섭리 또는 신비. '월정사 2.8km, 상원사 6.6km' 이정표를 지나자 낙엽 쿠션의 길이다. 철이 늦어 활엽수의 초록 잎은 보이지 않지만 바람은 훈훈하다.

섶다리에 도착했다.

섶다리는 나룻배를 띄울 수 없는 얕은 강에 임시로 만든 다리다. 잘 썩지 않는 물푸레나무나 버드나무로 기둥을 세우고 소나무나 참나무로 만든 다리 상판 위에 섶(솔가지나 작은 나무 등의 잎이 달

린 잔가지)을 엮어 깔고 그 위에 흙을 덮어 만든다. 해마다 가을걷이가 끝나는 10~11월 마을 사람들이 함께 다리를 만들어 겨울 동안 강을 건너다니는 다리로 이용했다. 여름이 되어 홍수가 나면 떠내려가고 없어진다. 사람들은 아쉬움을 달래는 마음을 담아 '이별다리'라고 부르기도 한다. 이별다리와 이별하고 사람만이 다닐 수 있는 샛길 따라 오감을 열어놓고 유유자적이다. 강은 왼편에 있다가 어느새 오른편으로 흐르고 강폭이 넓어지는지 물 위에 산수를 그리기도 하고, 해는 기울어 나무 그림자 길게 늘어져 추상 문자 놀이를 한다. 상원사가 가까워온다. 황톳길을 누가 정갈하게 다져놓았는지. 물먹은 황토 흙이 차져 보인다. 만져본다. 부드럽다. 어느덧 상원사 입구 관대걸이다. 세조가 괴질에 걸려 치료하기 위해 월정사를 참배하고 상원사로 오르다가 물이 너무 맑아 옷을 벗고 목욕을 하였는데, 그때 의관을 걸어둔 곳이라 해서 관대걸이라 한다.

이제 오늘의 일정을 마무리할 시간이다. 상원사를 거쳐 적멸보궁에 올라도 좋고, 비로봉까지 오르면 더욱 좋다. 선택은 걷는 자의 몫이다. 참고로 원점 회귀는 대중교통이 연결되는 진부나 승용차 있는 곳까지, 버스를 이용하거나 택시를 이용하면 몸이 좋아할 것 같다. 걸어서 돌아와도 새로운 느낌을 오감으로 받을 것이다.

내려갈 때 보았네
올라갈 때 보지 못한
그 꽃
ㅡ고은, 「그 꽃」

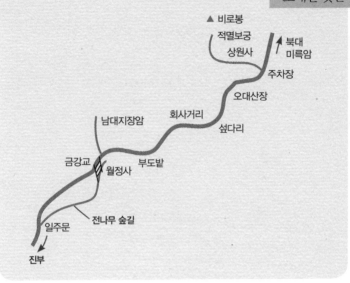

오대산 옛길

▲ 비로봉
적멸보궁
상원사
↑ 북대
미륵암
주차장
오대산장
섶다리
회사거리
남대지장암
금강교
월정사 부도밭
전나무 숲길
일주문
→ 진부

🚌 교통

버스는 동서울터미널 → 진부 하차 → 상원사행 이용. 자가운전 시에는 중부고속도로 → 영동고속도로 → 진부IC → 월정사가 나온다.

🏠 숙박

호텔 · 민박 · 모텔이 여럿 있다.

금강교 오색등

오대산 깊은 골에

당신 기다린다면

비로봉 회리바람

회리바람꽃으로 피어나

금강교 오색등 흔들리듯

간절,

간절하리니

내설악 속살 깊이로 거닐다

백담사 님의 침묵 길

백
담
사
님
의
침
묵
길

만해 한용운(1879~1944) 선사가 걸었던 백담사 계곡을 따라 길을 나선다. 내설악의 들머리인 강원도 인제군 북면 용대리에서 시작하여 백담사-영시암-오세암 코스다. 웬만한 산꾼이라 해도 이 정도의 걷기가 성에 차지 않겠지만, 성에 차도록 오르고 싶으면 대청봉을 찍고 천불동이나 오색, 한계령으로 하산하면 배부른 산행이 될 것이다. 물론 대피소에서 1박은 지당한 말씀이고.

도시의 땡볕에 시달린 사람들에게 이 구간에서 최상급으로 권하고 싶은 거리는 백담사에서 영시암까지다. 이 길은 옛길이라 표현하기는 좀 머쓱하고, 숲길이라 해야 부드럽고 청량하다. 계곡을 끼고 평지처럼 걸어가는 흙길과 나무데크 길, 돌길은 환상적이다. 왕복 10km 정도로 두 시간 반이면 여유롭다. 옛길이라 말하기 미흡한 점은 2006년 여름, 큰비로 길 곳곳이 사라져버렸고 그 구간을 나무데크로 조성해 탐방객들의 편의를 도모한 까닭이다. 계곡과 맞닿아 있는 옛길은 이 골 저 골짝에서 일시에 쏟아져 내린 물의 완력에 속수무책 유실된 것이다. 깊은 계곡에서 폭우를 만나면 급하게 합쳐져 내려오는 물살은 성난 짐승처럼 우뚝 서서 벼락 치듯 덤빈다. 그래서 장마철이 아니라 해도 여름 계곡 산행은 의외의 변수를 동반한다.

매년 여름 열리는 만해축전과 함께 백담사는 너무나 많이 알려진 절이다. 굳이 상세한 안내는 필요하지 않겠지만 약간의 가이드는 천혜의 옛길을 걷는 이에게 도움이 될 터. 걷기에 게으른 이들에게도 당부의 말씀은 백담사만 보고 돌아오면 후회할 것이란 점. 용대리에서 백담사까지는 백담계곡이라 하고, 백담사에서 영시암 구간을 수렴동계곡이라 하는데 이곳은 설악산 계곡 가운데 외설악의 천불동계곡과 함께 가장 빼어난 경치를 자랑한다. 승용차로 이동하면 백담사 입구에 있는 용대리 주차장으로 가면 되지만 대중교통을 이용하려면 서울을 기점으로 동서울터미널에서 백담사행 무정차 버스가 하루 8회 운행하니 참고하시길.

용대리 주차장에서 백담사까지 7km다. 이 구간을 걸어 오르면 물 맑고 경치 좋으련만 여유롭지 못하다. 용대리에서 백담사까지 마을버스가 30분 간격으로 오고 가기 때문에 걷는 일은 고역이다. 버스를 타고 가시라 권하고 싶다. 소요시간 15분이다. 걷기는 1시간 30분이다. 꼭 걷고 싶은 독자라면 동절기에 눈 위를 걸으면서 겨울 백담계곡을 감상하면 멋진 걷기 여행의 추억이 될 것이다. 겨울철은 눈 쌓인 길이 위험하므로 마을버스도 겨울잠을 잔다. 지난겨울에 나는 그 길을 걸으며 많이 즐거웠다. 백담사를 지나 설악산 탐방로 안내서 앞에서 멧돼지도 카메라에 담아 왔다.

걸어야 할 길에 버스가 씽씽……

나는 마을버스를 피해 땀 흘리면서 그 땀 위에 버스가 날리는 먼지를 덧입히며 걷기로 한다. 여름 백담계곡을 느끼고 싶어서였다. 그때 만해 스님이 시 한 편을 들려주셨다.

좋은 달은 이울기 쉽고
아름다운 꽃엔 풍우(風雨)가 많다.
그것을 모순이라 하는가.

어진 이는 만월을 경계하고
시인은 낙화를 찬미하느니

그것은 모순의 모순이다.

모순이 모순이라면
모순의 모순은 비모순(非矛盾)이다
모순이냐 비모순이냐
모순은 존재가 아니고 주관적이다.

모순의 속에서 비모순을 찾는 가련한 인생
모순은 사람을 모순이라 하느니 아는가.
　　　　－한용운, 「모순」

　그랬다. 사람의 편안함을 위해, 사람이 걸어야 할 길을 버스가
차지하고 사람은 가까스로 차를 피해 걸어야 한다. 백담계곡 길을
걷는 즐거움을 빼앗겨 버린 것이다. 하기야 만해 스님이 말씀하시
지 않으셨는가. "모순은 주관적"이라고. 그렇게 생각하며 사진 찍
고 쉬면서 걷다 보니 백담사 일주문이다. 이젠 마음 놓고 심호흡
을 해본다. 더 이상 차량과 만날 일이 없다. 조금 걸으니 두 갈래
길이 나온다. 왼쪽은 영시암 가는 길이고, 오른쪽으로 백담사가
보인다. 수심교(修心橋)를 건너 백담사로 들어간다.
　백담사는 『설악산 심원사 사적기』와 한용운의 『백담사 사적기』
에 의하면 647년 신라 진덕여왕 원년에 자장율사가 인제군 북면
한계리에 한계사로 창건하고 아미타 삼존불을 조성·봉안하였다.
지금의 자리로 옮긴 것은 1783년(정조 7)이었다. 그러나 인제 지방

에 전해오는 이야기에 따르면 이 절은 화천군에 비금사라는 이름으로 창건되었는데, 그곳에 산짐승이 많아 사냥꾼들이 산짐승을 마구 잡아 절 주위가 피로 더러워졌다고 여기고, 그 절을 깨끗한 설악산으로 옮겼다. 그런 뒤에도 이 절은 불에 자주 탔고, 그때마다 처음 옮긴 인제군 북면 한계리에서 설악산 안의 여기저기로 터를 옮겨가며 한계사, 운흥사, 선귀사, 영취사, 재조사, 토량사, 심원사, 백담사로 이름을 바꾸었다. 전설에 의하면 백담사라는 이름은 절이 자주 불에 타서 스님들이 산신령의 가르침을 받아 설악산 대청봉에서부터 담(譚)이 백 개째인 지점에 절을 짓고 백담사(百譚寺)로 고쳐 부르게 되었다. 그러나 1915년 화재로 절이 모두 타버린 것을 당시 주지 인공(印空) 스님이 1921년 다시 지었다. 그런데 한국전쟁 때 또 수난을 겪는다. 불탄 절을 1957년 중건해 오늘에 이르고 있다. 1988년 11월 전두환 전 대통령 내외가 이 절에 은거했다가 1990년 12월 30일 연희동으로 돌아가면서 세상에 더욱 널리 알려졌다.

절의 경내를 두루 돌다가 반가운 당호를 만났다. 무설전(無說殿) 앞에 있는 완허당(玩虛堂) 현판이었다. 경산 정진규 시인의 멋들어진 글씨가 아닌가. 설악산 깊은 골에서 선배 시인을 만난 듯이 한참을 바라보다 돌아 나와 숲길을 걸어갔는데 고요한, 너무 고요한 절집 앞이었다. 마당엔 풀이 무성히 자라고 있었다. 무금선원. 아뿔사! 들어오면 안 되는 곳으로 온 것이다. 무문관—깨닫지 못하면 문밖에 나서지 않겠다는 선방이다. 문이 없어 어디로도 통하는 대도(大道)의 문은 찾기 어려워 무문(無門)이요, 문 아닌 곳이 없어

일반인 출입이 금지된
무문관 무금선원

시방세계가 그대로 무문이라는 의미를 갖고 있는 무문관. 숙식도 갇힌 공간에서 해결하며 누구와도 만나지 않고 누구와도 말하지 않는다. 백담사의 무문관은 짧게는 3개월에서 길게는 6년 동안 묵언으로 방문을 출입하지 않고 하루 종일 한 끼 식사로 용맹정진하는 곳이다. 그곳에 속인이 발길을 잘못 딛어 들어섰으니, 멍하다!

경산 정진규 시인의 글씨 완허당

무금선원 뜰 앞 늙은 느티나무가
올해도 새순 피워 편지를 보내왔다
내용인즉 별것은 없고
세월 밖에서는
태어나 늙고 병들어 죽는 것이

말만 다를 뿐 같은 것이라는 말씀

그러니 가슴에 맺힌

결석 같은 것을 다 버리고

꽃도 보고 바람 소리도 들으며

쉬엄쉬엄 쉬면서 살아가란다

—홍사성, 「화신(花信)」

그래, 꽃도 보고 바람 소리 들으며 쉬엄쉬엄 쉬면서 가자. 경내를 벗어나 개울을 건너 숲으로 들었다: 수심교 아래 계곡 바닥에는 수많은 돌탑들이 무슨 염원을 담고 있는지 묵언정진하고 있다. 그 또한 허심, 무상 아니랴. 무문(無門).

숲길과 하나 되어 나를 버리고 가다

이제부터 수렴동 계곡을 따라 길은 이어진다. 영시암을 지나면 두 갈래 길이 나온다. 왼쪽은 오세암을 거쳐 봉정암, 소청봉, 대청봉에 이르는 길이고 오른쪽 계곡길은 구곡담 계곡과 함께 오르는 길이다. 숲은 울창하게 하늘을 덮고 그 아래 이어진 흙길은 세상과 인연을 멀리한 피안의 세계다. 숲길을 따라 0.5km 정도 가면 탐방로 안내소가 나온다. 예전의 백담산장 자리다. 걷다 보면 첫 번째 나무데크 길이 나온다. 여기서 잠시 걸음을 멈추고 오른쪽으로 눈을 보내시라. 소나무, 굴참나무, 물푸레나무가 병풍처럼 서 있는 사이로 흑선동계곡이 들어온다. 계곡의 돌이 검다 해서 흑선동이란 이름을 얻었다. 아쉽지만 출입 금지다. 멀리서 바라만 봐도 눈이 시원하다.

장마로 유실된 길 위에 나무데크 길을 만들어서 자연경관을 해쳤다는 일부 탐방객들의 볼멘소리도 있었지만 나무데크 이 길이 만들어진 뒤로 나무데크 아래 식물들이 자라나 자연보호 효과를 얻고 있다. 계곡은 자갈들로 가득하다. 장마 때 내린 비로 산 위에 있는 돌들이 쓸려 내려 물웅덩이를 모두 메워서였다. 물가 바위에 스님이 앉아 있는 모습도 보고 흙길, 돌길, 나무 위의 길을 따라 내설악 깊은 골로 들어서면서 다시 만해 한용운을 떠올린다. 그는 어떤 연유로 오세암과 백담사에 머물면서『님의 침묵』에 실린 시들을 썼을까. 그는 동학혁명에 가담했다가 혁명이 실패로 마침표를 찍자, 오세암에 몸을 숨기려고 설악산으로 들어왔다. 1896년에 입산하여 10년을 지낸 후 1905년 백담사에서 삭발하고 스님이 되었다.

　계곡을 오른쪽에 두고 따라 걸으면 철제 다리를 건넌다. 2006년 큰 홍수에도 유실되지 않고 건재한 다리다. 다리를 건너 좀 더 걸

으면 수렴동계곡으로 흘러 내려오는 물길이 보이는데 귀때기계곡이다. 귀때기계곡을 따라 오르면 귀때기청봉이 있다. 귀때기청봉의 전설도 걷는 이의 발걸음을 가볍게 한다. 수렴동계곡의 곰골에 살던 곰이 잘못을 저질러 호출당해 귀싸대기를 맞은 곳이라 해서 귀때기청봉이란 이름이 지어졌다는 것.

물 밑까지 훤히 보이는 계곡물을 보다가 물이 고인 검은 웅덩이를 만나면 걷는 이들이 놀란다. 물이 썩어 오염된 것이라는 탄식을 담아 민원을 내기도 한다. 물고기를 살려달라고 항의한다. 그러나 그 물은 오염된 것이 아니다. 바닥에 쌓인 나뭇잎이 썩어 물빛이 변한 것이다. 검은 웅덩이를 자세히 보면 갈겨니, 어름치, 꺽지, 쉬리 등 일급수에 사는 물고기들이 헤엄치고 있다.

다시 숲길로 들어 걷는데, 길에서 약간 벗어난 지점에 부도탑 하나가 서 있다. 안내판은 없다. 왜 그곳에 부도탑이 있는지는 정확히 모르고 전해지는 이야기가 있을 뿐이다. 계곡 맞은편에 절터가 있었고 그곳에 부도탑이 있었는데, 큰물이 계곡을 휩쓸고 지날 때 이곳으로 쓸려 왔다는 설이다. 곰골을 지나면 약간의 오르막 고개를 넘는다. 수령 백 년을 넘긴 소나무들이 신령스럽게 서 있다. 숲이 거느린 박새, 곤줄박이, 동고비 등 산새의 노랫소리가 동행한다. 고갯길을 벗어나니 영시암이 보인다. 암자라 하기엔 지금은 너무 커버린 영시암에도 아픈 사연이 스며 있다.

가노라 삼각산아 다시 보자 한강수야
고국 산천을 떠나고자 하랴마는

병자호란 때 청나라로 잡혀가면서 이 시조를 썼던 김상헌(1570 ~1652)의 증손자인 김창흡이 창건했다. 그의 아버지 영의정 김수항이 장희빈과 대적하다 사약을 받고 죽임을 당했다. 형도 함께 사약을 받았다. 그는 세상을 등지고 나라 안을 떠돌며 살았는데 설악산으로 몸을 숨겨 들어와 오세암 아래에 터를 잡아 영시암을 짓고 여섯 해를 머물렀다. "영시(永矢) — 영원히 맹세한다." 그는 다시는 세상에 나가지 않겠다는 다짐을 "영원히 맹세한다"는 의미심장한 각오로 암자 이름을 지었던 것. 그런 그가 영시암을 떠나게 된 동기는 호랑이였다. 그 당시 수렴동 골짜기에 호랑이가 많

앉는데 김창흡에게 밥을 지어주던 할머니가 나물을 뜯다가 호랑이에게 물려 갔다. 그 뒤로 이 골짜기를 호식동이라 불렀으며 김창흡도 영시암을 떠났다 한다.

영시암에서 오세암까지 세 시간이면 넉넉하게 오갈 수 있다. 지금까지 왔던 길에 비해 고도를 높이면서 경사를 이룬다. 고개를 몇 번 넘고 야생화 구경하고 진하게 자극하는 솔향을 맡으며 고즈넉한 분위기에 젖어본다. '님의 침묵'의 길이 이어진다. 소곤소곤 조근조근 걷기 수준의 즐거운 길은 백담사에서 영시암까지. 그러나 거리를 좀 더 늘려도 기쁨 충전 만점이다. 길 잃을 염려 없고 경치를 만끽하면서 걸을 만하다. 그러하니 설악산을 조망하고 싶다면 오세암까지 욕심을 내도 큰 무리는 아닐 듯싶다. 건각들이여, 걸으시라. 축복이 있을지니.

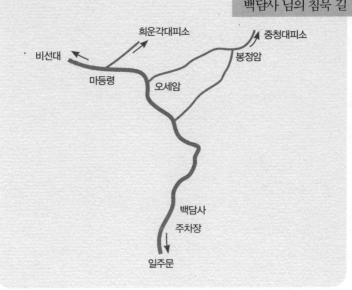

백담사 님의 침묵 길

희운각대피소

비선대

마등령

중청대피소

봉정암

오세암

백담사
주차장

일주문

🚌 교통

버스는 동서울터미널에서 속초행 버스를 타고 백담사에서 하차한다. 자가
운전은 서울−동홍천고속도로를 이용한다.

🏠 숙박

민박과 펜션이 여럿 있다.

안개산

—무산(霧山) 스님 생각

백담에서 며칠 동안 있어보니 알겠네
얼마나 외로웠으면 얼마나 그리웠으면
안개산 그 이름 되어 깊은 어둠, 잔을 드나

눈을 뜨면 온 산이 안개에 묻혀 있다
사람은 어디 가고 개울 소리 높아간다
빈 절간 누가 왔는지 안개가 흩어진다

십 리 숲길 지나 일지암에 오르다

대흥사 초의선사 길

한낮인데도 날이 어둡다. 하늘이 까맣다. 느티나무 진초록 잎을
때리는 빗소리가 요란하다. 일지암으로 향하는 비탈을 오르는데
성긴 빗줄기가 일지암 툇마루에 앉았을 때 드세어지는 것처럼 사
위가 고요할 정도로 세차게 퍼붓는다. 급하게 쏟아지는 빗소리는
요란한데 말없이 듣고 있으면 왜 그렇게 고요한지. 빗줄기에 갇혀
지상에 나 혼자만 존재한다는 느낌은 평화롭고 한가하다. 해남 대
흥사 일지암에서 빗소리에 갇혀 한 시간여를 멍하니 앞산만 바라
보며 빗줄기를 세며 보낸 그 순간이 그리워진다. 생각해보시라.
첩첩산중에서 나뭇잎에 떨어지는 빗소리를 듣는 감미로운 고적함
의 절정을. 시커멓게 비구름이 몰려왔다가 서서히 사라지면 희뿌
연 하늘이 슬그머니 열리는 황홀함이란. 온몸이 뿌듯해지지 않겠
는가.

일지암은 초의선사(1786~1866)가 40년 동안 머물면서 차 문화
를 일으키고 선풍(禪風)을 펼친 암자다. 차 문화의 성지로 불리며

차 문화의 소중한 사적지다.

이곳에서 초의선사는 그의 사상을 집대성했고 차 문화를 펼치기 위해『동다송(東茶頌)』『다신전(茶神傳)』을 저술했다. 선(禪)의 논지를 일으키기 위해『초의선과(草衣禪果)』『선문사변만어(禪門四辯漫語)』를 썼다. 뿐만 아니라 많은 시를 써 시인으로도 족적을 남겼다. 일지암에서 이어진 다풍(茶風)은 후대에 차 문화를 새롭게 인식시켰으며, 초의선사를 해동의 다성(茶聖)으로 받들기에 충분케 했다.

초의선사가 시인으로 어느 정도의 경지에 이른 것을 입증할 수 있는 예는 일지암이란 암자의 이름에서 볼 수 있다. 그의 시에 "나는 새도 나무의 한 가지에만 앉아도 편안하다"라는 대목에서 일지암(一枝庵)이란 이름을 얻었다는 것.

대흥사로 가는 두 갈래 길

초의선사가 시(詩)·다(茶)·선(禪)에 취해 걸었을 ▲두륜산 (703m) 초입 매표소–대흥사–일지암으로 가기 위해 전라남도 해남으로 간다. 서울이나 부산에서 해남은 멀다. 서울→해남 고속버스는 1일 7회 운행하며 다섯 시간 삼십 분 걸린다. 부산→해남은 1일 7회 운행, 다섯 시간 거리다. 해남에 도착하면 삼십 분~한 시간 간격으로 오가는 대흥사행 마을버스를 탄다. 첫차 06시 50분, 막차는 19시 45분이다. 택시를 이용하면 1만 원 정도 요금이 나온다.

자귀나무꽃

두륜산 입구 식당·숙박촌에서 일박하고 아침 일찍 길을 나섰다. 저녁 식사를 하면서 식당에 아침 식사 시간을 물었더니 8시에 문을 연다는 것이다. 여행객에게 아침 8시는 너무 늦다. 저녁 식사를 하면서 아예 다음 날 아침·점심에 먹을 밥과 반찬을 준비했다. 새벽에 길을 나설 참이었다.

　다음 날 새벽 매표소를 지나 산으로 접어드는데 밤새 내린 비로 두륜산 계곡물이 시원스런 소리를 내며 상큼하게 흐른다. 단풍나무, 삼나무 잎들이 싱싱하다. 물안개에 휩싸여 몽롱한 분위기를 연출한다. 그런데 여기서 잠깐, 발길이 가는 행로를 결정해야 한다. 걸어서 가는 옛길이 있으며 차로 곧바로 갈 수 있는 차도 겸 인도가 있다. 차도는 아스팔트 길이고 옛길은 두어 사람이 걸을 수 있는 숲 속 길이다. 나도 잠시 망설인다. 독자를 위해서라면 어느 쪽으로 선택할 것인가. 나는 시원하게 뻗어나간 찻길을 택한다. 차가 다니지만 충분히 비켜 갈 수 있으며 대흥사까지 이어지는 나무터널이 탐나서다. 그렇다고 곧장 찻길만 고집하는 것은 아니다. 4km 구간을 걷다 보면 옛길과 만나는 지점들이 있다. 그때는 슬쩍 옛길에 들어섰다가 또다시 찻길로 나오면 두 길을 맛볼 수 있다. 또 내려올 때 걷지 않았던 사잇길을 음미하면 별미일 것 같다.

　대흥사로 가는 숲길을 걸으면 누구나 저절로 감탄사를 연발한다. 아름다운 숲길에 취하고 나무들의 생김새에 감동한다. 오랜 세월을 견디며 살아 있는 나무와 죽어 있어도 살아 있는 듯 당당하게 하늘을 향해 뻗어 있는 자태에 숙연해진다. 오대산 월정사 전나무 숲이나 변산 내소사 전나무 숲길도 감탄사가 절로 나오지만 그 감동의 순간이 대흥사 숲길에 비해 길지 않다. 물론 여운은 길겠지만.

일주문을 들어서니 분홍색 수술이 술처럼 모여 달린 자귀나무 꽃이 반긴다. 사진 찍기 좋은 곳 안내판도 있다. 구곡유수(九曲流水) 옥구슬 굴리는 듯한 물소리가 일품인 대흥사에는 아홉 굽이마다 아홉 개의 다리가 있다. 일주문 지나 비전(碑殿)의 뜰을 돌아도 해탈의 경지에 들지 못했거든 맑은 계곡물에 손이나 한번 담가도 좋을 것이란, 알 듯 모를 듯한 선문답 같은 글귀로 대흥사 계곡을 자랑한다.

팽나무, 삼나무, 고로쇠나무, 벚나무, 단풍나무들의 밑둥치가 몇 아름 넘을 정도로 튼실하다. 어느 나무는 뒤틀리고, 커다란 혹이 불거져 있고, 거죽만 남아 있는 나무도 있다. 그런 모습들이 신령스럽다. 나는 나무의 신성(神性)을 믿는다. 백두대간 종주 때 전북 남원의 고기리마을 뒷산의 소나무 자태는 나에게 두고두고 신성이었다. 굳이 어린 시절 마을 입구에 있던 당산나무를 떠올리지 않아도 된다.

나무들과 말을 나누며 한참을 걸었더니 옛길과 이어지는 출렁 다리가 나온다. 그 아래 옥구슬 구르듯 맑은 물이 흐른다. 짙은 나무 그늘 아래로 이어진 흙길이 얌전하고 예쁘다. 흙길을 벗어나 다시 포장도로에 들어선다. '이동주 시비'와 마주치고 몇 번째인지 모르는 다리를 또 건너 걷다 보니 유선장 여관이 나온다. 영화 〈서편제〉 촬영지였으며 대흥사를 소개하면 빠지지 않는 여관이다. 일주문 안에서 영업을 하는 여관으로 어느 여행객은 "대흥사 말사쯤

되는 집"이란 표현을 쓰기도 한다. 백 년 된 한옥으로 그곳에서 하
룻밤을 묵으면 여관 앞으로 흐르는 계곡물 소리를 벗 삼아 밤하늘
의 별을 가슴에 가득 안는 특별한 추억을 지닐 수 있다. 숙박을 하
지 않는다 해도 그냥 지나치지 말고 들어가 고풍스러운 분위기를
맛보는 것도 좋을 듯하다. 유선장을 지나 피안교를 건너면 대흥사
가 5분 거리다. 다리 저편에 막걸리, 담배, 파전 등을 파는 가게가
있다. 피안교 아래는 개울에 발 담그고 술판을 벌일 수 있는 평상
이 마련돼 있다. 피안교를 사이에 두고 여관과 가게가 있다.

"경건한 절 안에 아직도 저런 영업집이 있다니."

혼자 꿍얼거리며 절로 들어섰는데 '대흥사에서 하룻밤 휴식을 원하시는 분'을 위해 써놓은 좋은 말씀이 가랑비에 젖고 있었다.

마음, 마음이여. 알 수 없구나.
너그러울 때는 온 세상을
다 받아들일 듯하다가도
한번 옹졸해지면
바늘 하나 꽂을 자리도 없으니
─달마

대흥사와 서산대사

전라남도 해남군 삼산면 구림리 대흥사 길은 명승 제66호다. 구림(九林)이란 지명으로 봐서 십 리 숲길이 조금 못 미치는 것도 같지만 십 리 숲길로 해도 무방할 것 같다. 전남 쌍계사 벚꽃 십리길도 5km지만 십 리 길로 깎아서 값을 쳤으니까.

대흥사란 명칭은 대둔사로 했다가 다시 대흥사로, 그러더니 다시 대둔사로 왔다 갔다 하고 있지만 나는 대흥사로 쓰기로 했다. 절은 나말여초에 창건됐다. 두륜산의 옛 지명은 한듬. '한반도 최남단에 우뚝 선 산'이란 의미다. 이를 한자와 혼용해서 대듬이라 하더니 대둔산으로 개명, 절은 한듬절, 대듬절에서 대둔사…… 그

러더니 두륜산(頭崙山)으로 이름이 바뀌었다. 국토의 끝자락에 있
는 한듬절이란 작은 절의 운명은 서산대사의 유언에서 확 바뀌었
다. 서산대사는 묘향산 원적암에서 최후의 설법을 마치고 제자들
에게 이르기를 당신의 사리는 묘향산 보현사에, 영골은 금강산 유
점사에, 금란가사와 발우는 대흥사에 봉안하도록 당부했다. 그
후 절은 크게 번창했으며 13대 종사와 13대 강사를 탄생시켰다.
6·25 한국전쟁 당시에도 화를 입지 않았다. 서산대사가 대흥사
를 지목한 것은 대흥사 터가 삼재(三災)가 들지 않고 만세토록 훼
손이 없을 것이란 예지에 의한 것이었다. 따라서 대흥사는 표충사
를 지어 스승인 서산대사 의발을 모신 사명당·처영 스님과 함께
서산 대사의 영정을 모시고 있다.

초의선사상

절집 안으로 들어서니 부도밭이다. 대흥사가 배출한 고승대덕의 사리를 모신 곳이다. 문이 잠겨 들어가지는 못했지만 서산대사의 부도를 비롯해 54기의 부도와 탑비 27기가 있다. 우리나라 절집 가운데 규모가 가장 크지 않나 생각해본다. 17~19세기 초에 형성되었다니 그 당시 대흥사의 세력을 짐작하게 한다. 담장 너머로 말없이 서 있는 비석들을 바라보며 비 뿌리는 먼 하늘을 바라본다.

　감악산 정수리에 서 있는 글자가 없는 비석 하나

　아무것도 말하지 않았지만

　너무 크고 많은 생 담고 있는 나머지

　점 하나 획 한 줄도 새길 수 없었던 것은 아닌지

차마 할 수 없었던 말씀을 지녀

입 다물고 있는 것은 아닌지

그것도 아니라면 세상일 다 부질없으므로

무량무위를 말하는 것은 아닌지

저리 덤덤하게 태연할 수 있다는 것을

저렇게 밋밋하게 그냥 설 수밖에 없다는 것을

나도 뒤늦게 알아차렸습니다

　　　　—이성부, 「백비(白碑)」

　대웅보전, 천불전 등을 둘러보고 대흥사 경내에서 가장 큰 느티나무 앞에 섰다. 두 나무의 뿌리가 합쳐 하나가 된 연리근(連理根)이다. 줄기가 겹치면 연리목(連理木), 가지가 하나 되면 연리지(連理枝)라 한다. 두 몸이 하나가 된다는 뜻으로 각각 부모의 사랑, 부부의 사랑, 연인의 사랑에 비유해 '사랑나무'로 부르기도 한다. 『삼국사기』와 『고려사』에도 연리나무에 관한 기록이 전하는데 이런 나무가 나타나면 희귀하고 경사스러운 길조로 여겼다. 대흥사의 연리근은 천 년 된 느티나무로 천 년의 사랑을 상징한다.

다선일미(茶禪一味) 초의선사 다향(茶香)을 따라

　이제부터 오롯이 일지암으로 향하는 산길을 오른다. 시작은 평지처럼 이어진다. 떡갈나무와 신갈나무, 어린 단풍나무, 산죽이

양옆으로 길을 열어주듯이 조용하게 서 있다. 대흥사에서 일지
암까지는 0.7km 거리로 쉬엄쉬엄 걸어도 힘에 부치지 않는다.
0.4km쯤 가면 갈림길이 나온다. 가련봉, 두륜봉, 일지암 가는 길과
북암으로 가는 이정표를 따라 길을 잡으면 길 잃을 염려는 없다.

길은 조금씩 가파르다 싶더니 오른쪽으로 꺾이며 일지암 마당
으로 안내한다. 발아래 펼쳐지는 산들을 바라보니 꽤 오른 것 같
다. 두륜산 8부 능선 정도로 해발 672m 지점이다. 이곳에서 초의
선사는 40여 년 두문불출하며 시(詩)·다(茶)·선(禪)에 몰입한 것
이다.

초의선사의 속명은 장의순이었고 다섯 살 때 물에 빠져 허우적
거릴 때 지나가던 스님이 구해준 것이 인연이 되어 16세 때 불가

에 입문하여 지리산, 금강산 등 전국을 돌며 구도의 길을 걷다 대흥사 조실 완호 스님의 법맥을 받았다. 대흥사에 있으면서 자신의 이름이 세상에 많이 알려지자 은거하기로 마음먹고 두륜봉을 오르는 암자로 들었다. 초의선사는 나이 39세 되던 1824년에 일지암을 다시 짓고 차와 선, 시와 그림, 예술과 문화를 하나로 생활화하며 말년을 지냈다.

　일지암 뒤편 처마 밑 2~3m 거리의 바위틈에서 샘물이 솟아, 이 샘을 백운천(白雲泉)이라 이름하고 찻물로 사용했다. 훗날 이 샘의 이름을 유천(乳泉)이라 바꾸었다. 지금도 대나무 통을 따라 흐르는 물이 세 개의 돌확을 거쳐 흐르고 있다. 예나 지금이나 물맛은 여전하고 흐름을 멈추지 않는 유천은 옛사람을 그리워하고 있다.

일지암에 은거한 초의선사는 다산 정약용, 추사 김정희, 시인 신위 등 당대의 시인·묵객들과 차를 통해 교류했다. 특히 남종화의 산실이기도 한 일지암은 소치 허련을 키워낸 곳이다. 진도 운림산방의 주인 소치 허련은 초의와 추사 두 스승을 인연으로 맺어 미산·의재·남농으로 이어지는 남화의 화풍을 이루었다.

초의선사가 지었던 일지암은 선사가 입적한 후 화재로 소실되어 폐허로 방치돼 있었다. 그 후 백 년이나 지난 1979년에 초의선사가 한국 차 문화에 끼친 역사적 의의가 부각되면서 복원되어 오늘에 이르고 있다. 지금은 경내에 불전(佛殿)도 지어져 있다. 1979년 일지암이 복원될 당시 말이 복원이지 초라한 모습이었는데 그 후 서예가 강암 송성용이 일지암(一枝庵) 현판을 쓰고 여초 김응현이 열두 개의 기둥에 주련을 써서 이동 씨가 각을 해 걸었다. 손색없는 일지암이 옛터를 지키고 있게 된 것이다. 차 문화의 성지로 거듭난 일지암 마루에 앉아 먼 시간여행을 하는데 비를 몰고 온 바람이 나그네의 하산을 재촉한다.

다선일미(茶禪一味) ─ 차를 마시는 것과 도를 닦는 것은 같으니라. 초의선사의 말씀이 귓가를 스친다.

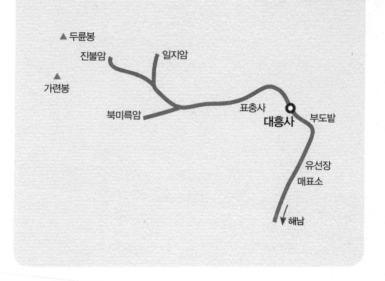

대홍사 초의선사 길

▲ 두륜봉
진불암 ─── 일지암

▲ 가련봉

북미륵암 ─── 표충사
대홍사 ○ 부도밭

유선장
매표소

↓ 해남

🚌 교통

강남고속터미널에서 해남행 고속버스를 타고, 대홍사까지 버스나 택시를
이용한다. 자가운전은 서해안고속도로 목포IC를 나와 2번 국도를 따라 성
전면에 가서 13번 국도로 갈아타면 해남읍이다.

🏠 숙박

해남읍이나 대홍사 입구에 숙박 시설이 여럿 있다.

편지 받고

그렇게 살아갈 날들 얼마나 있을까요

몇 줄의 편지 받고 지난 만남 생각합니다

비 오고 지친 마음이 창을 조금 닫습니다

비 · 안개 · 야생화 · 한강 발원지

태백 두문동재에서 검룡소

태백시에서 고한으로 향하다가 두문동터널을 통과하여 곧바로 좌회전, 두문동 옛 도로를 굽이굽이 돌아 오른다. 터널이 뚫리기 전에는 이 고개를 넘어 태백을 갔었다. 싸리재다. 해발 1268m의 재를 넘었던 차량들은 이제 터널을 시원스럽게 달린다. 옛 도로를 오르는 차들은 등산객을 태운 차들로 한가롭다. 태백시에 도착했을 때 내리던 비가 그치지 않고 계속 내린다. 고개 정상에 도착했지만 보이는 것은 안개뿐. 빗줄기가 굵어진 느낌이다. '백두대간 두문동재'라 새겨진 커다란 돌비석이 버티고 서 있다. 탐방 안내소에 입산 신고를 하고 비옷을 꺼내 입고 등산화 끈을 단단히 조였다. 빗속 산행이다.

'대덕산·금태봉 생태·경관 보전 지역'이란 입간판이 서 있고 거기에 산행 지도를 그려놓았다. 그 아래 큰 글씨로 '이 코스로만 다니십시오'라는 안내문이 쓰여 있다. 아무 길이나 함부로 가지 말라는 지시다. 금대봉(1418m)과 대덕산(1307m) 일대는 우리나라 최대의 고산 들꽃 군락지로 야생화가 우악스런 등산화 발길에 밟히는 불상사를 예방하기 위해 '사람이 걸어야 할 길'을 마련해놓은 것이다. 1993년 환경부와 전문학자 조사단은 조사 결과, 이 일대 126만 평이 우리나라 자연생태 보고(寶庫)임을 알고 자연 생태·경관 보전 지역으로 지정했다.

이 지역에는 한계령풀 등 멸종 위기 야생식물 7종을 비롯하여 5백여 종의 다양한 희귀 식물들이 서식하고 있다. 천연기념물인 참매, 검독수리와 꼬리치레 도롱뇽이 발견된 아름답고 희귀한 생태자원의 보물창고다. 보존 가치가 매우 높은 지역으로 과도한 탐방객으로 인한 자연환경 훼손을 예방하기 위해 사전 예약제로 출입을 허용하고 있다.(전화 예약 : 033-550-2061 태백시청 환경보호과,

인터넷 예약 : http://tour.taebaek.go.kr)

오늘 걸어야 길은 ▲두문동(싸리재) 안내소 – 금대봉 정상 – 산상
화원 – 고목나무샘 – 분주령 – 대덕산 정상 – 검룡소 주차장까지 약
10km 코스로 대여섯 시간쯤 걸릴 예정이다. 두문동재에서 금대
봉(金臺峰)까지의 짧지만 백두대간을 밟는 짜릿함을 힘찬 기운으로
받아들이고 한강의 발원지 검룡소(儉龍沼)도 친견하는 환상의 걷기
가 될 것이다. 비안개에 에워싸인 사위가 고요하다. 우의를 걸치
고 우산을 썼다. 카메라를 보호하려면 산행에 안 어울리지만 우산
은 필수다. 산길과 야생화와 숲을 카메라에 담아야 한다. 우산을
두들기는 빗소리가 동행해주니 발걸음이 넉넉하다. 여유롭다.

비에 젖은 야생화가 더욱 곱다

산에 들어와 더 깊은 산으로 들어가는 길은 적요하다. 관광버스
에서 내린 한 무리의 탐방객들이 비닐 비옷을 입고 우산을 쓴 채
지나간다. 금대봉으로 향하는 초입은 평지나 다름없다. 비 내려
서 수로(水路)로 변한 흙길을 첨벙첨벙 걷는다. 길 양옆은 진초록
나무들이 하늘만 희뿌옇게 내놓고 있다. 비에 젖은 동자꽃이 눈물
글썽이며 제일 먼저 반긴다. 짚신나물이 노란 꽃잎 끝에 빗방울을
보석처럼 매달고 봐달라고 웃는다. 잎을 자르면 오이 냄새가 난다
해서 오이풀이라 작명된 오이풀이 오디 열매 모양의 꽃을 피우고
저만치 서 있다. 오이풀은 생김새에 따라 산오이풀, 자주가는오이

풀 따위로 이름을 각자 지니고 있다.

좁은 길을 벗어나자 시야가 확 트인다. 헬기장 넓이의 풀밭이다. 물레나물, 태백기린초, 일월비비추, 큰까치수염 등 야생화 군락지다. 금마타리도 노란 좁쌀 같은 꽃을 피워내며 경중 서 있다. 꽃놀이에 빠져서 시간 가는 줄도 모르고 한참을 놀았다. 노루오줌이 먼발치에서 손짓하고 둥근이질풀이 발아래서 올려다본다. 허리를 굽히고 무릎을 꺾어 가까이 얼굴을 대본다. 카메라 속으로 빨려 들어오는 꽃잎 위의 실핏줄처럼 번지는 무늬가 선명하다. 생명의 싱싱함이여.

예쁜 네가 보고 싶어 어깨를 수그린다

비에 젖은 동자꽃   오이풀

허리를 구부린다
무릎을 접는다

봄풀은 하늘 땅바닥에
별꽃 무더기를 피운다

두꺼운 안경을 벗고 마이너스 디옵터의 시력으로

별을 엎드려 보는
나는 행복하다

우주와 맨눈으로 맞춘 초점

가장 낮게
순하게
　　―김일연, 「엎드려 별을 보다」

　다섯 시간 걷기의 시작점에서 너무 여유를 부린 것 아닌가 은근
히 걱정이 든다. 백두대간 종주며 금대봉 야생화 촬영 등으로 몇
번 왔던 길이라 그래도 안심이다. 야생화 군락지를 벗어나 조금
오르면 백두대간 등산로 안내도가 나온다. 싸리재와 매봉산 구간
지도다. 오른쪽으로 오르면 금대봉을 거쳐 삼수령(피재)으로 이어
지는 백두대간 길이며, 왼쪽은 산상화원으로 이어지는 임도가 나

있다. 차량이 통행할 수 있는 임도지만 일반 차량은 다닐 수 없다. 비상시에 산 지킴이들이 이용하는 도로다. 등산객들도 그쪽 길을 버리고 금대봉으로 오른다. 금대봉 오르는 길은 거리는 짧지만 오르막이 시작된다. 1268m 두문동재에서 1418m 금대봉 정상으로 오르는 만큼 약간은 가파른 게 정석이다. 초보자라도 별 무리 없이 금대봉 정상을 밟을 수 있다.

금대봉 찍고 산상화원 지나 검룡소로

금대봉에 올라 심호흡을 해본다. 시야는 제로다. 안개비 사이로

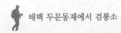

바람이 서늘하게 불어온다. 내가 딛고 서 있는 금대봉은 강원도 태백시와 정선군, 삼척시에 걸쳐 있는 산이다. 해발 1418m의 높은 지점이지만 높이가 실감 나지 않는다. 한강과 낙동강의 발원지인 검룡소와 용소, 제당굼샘을 안고 있는 의미 깊은 산이다. 금대란 말은 검대로, '검은 신(神)'을 의미한다. 검대는 '신이 사는 곳'을 뜻하며 금대봉은 '신이 사는 봉우리'다. 또 다른 해석은 금이 많다 하여 금대라 했다는 설이다. 산속 곳곳에 금구덩이가 있다는 말도 전해진다. 맑은 날에는 함백산과 매봉산 등 백두대간의 장대한 능선이 한눈에 잡히지만 오늘은 그렇지 않다.

산행 출발지인 두문동(杜門洞)재란 지명도 곡절을 지니고 있다. 강원도 정선군 고한읍에서 태백시 화전동으로 넘어가는 고개라는

건 이미 언급한 터이고 정선 쪽에 두문동이란 자연 부락이 있다. 이 마을은 고려 말 이성계의 역성 혁명에 반대한 일곱 충신이 깊은 산골에 숨어 들어와 세상과 담을 쌓고 살았다 해서 두문동이란 지명이 생겼다.

두문동이란 지명은 원래 지금의 북쪽 땅 경기도 개풍군에 있었다. 개성 송악산 서쪽 자락 만수산과 빈봉산에 두 곳의 두문동이 있었다. 만수산 서두문동에는 고려의 문신 72명이 은둔했고 빈봉산 동두문동에는 무신 48명이 은둔 생활을 했다. 이들을 조정에 나오도록 회유했지만 끝내 나오지 않았다. 태조 이성계는 뜻을 이루지 못하자 두문동에 불을 질렀다. 대부분 불에 타 죽었고 일곱 명이 겨우 목숨을 건졌다. 그들이 숨어서 살 곳을 찾아 흘러온 곳이 강원도 정선의 고한 땅이었다. 그들 역시 세상과 접하지 않고 살았으니 이곳 또한 두문동이란 지명을 얻었다.

두문동의 두문(杜門)이란 '문을 닫다' 또는 '문을 막다'라는 뜻으로 두문동이란 문을 닫고 나오지 아니하고 외부와 단절하며 사는 마을[洞理]이란 뜻이다. 두문동이란 말은 기존에 있었던 지명이 아니라 고려의 충절들이 은거한 이후에 생겨난 명칭이다. 그리고 두문불출(杜門不出)이란 용어도 이때 생겼다. 잠시 쉬면서 역사를 되짚어봤더니 왠지 걷는 자세를 바로잡게 된다.

금대봉 정상에 분주령 대덕산과 매봉산 피재의 표지판이 있으니 백두대간 종주 팀은 매봉산으로, 검룡소 탐방객은 분주령 쪽으로 길을 잡는다. 왼쪽 길을 택해 사람 하나 겨우 걸을 수 있는 내리막 산길을 1km쯤 내려가면 임도가 나온다. 두문동재와 분주령

대덕산 표지판이 서 있고 길은 시원하게 트였다. 분주령 쪽으로 조금 걸으면 광활하게 펼쳐진 산상화원이 탄성이 절로 나오게 한다. 갖가지 여름 야생화들이 아름답게 피어 있다. 아름답다 못해 처연하다. 봄부터 가을까지 꽃들이 피고 지는 천상의 화원이다. 겨울이면 눈꽃이 이 평원을 순백으로 수놓으리라.

핑의다리, 기린초, 터리풀, 금강제비꽃, 도라지모시대, 종덩굴, 홀아비바람꽃 등 한국 특산식물 열다섯 종과 모데미풀, 미나리아재비, 양지꽃, 쐐기풀 등 희귀식물 열여섯 종, 고려엉겅퀴, 도둑놈의갈고리, 박쥐나물, 흑느릅 등 호명하기도 어지러울 만큼 많은 식물이 자생하고 있는 축복의 땅이다. 구절초, 질경이풀도 예쁜 꽃을 자랑하고 있는데 이름을 불러주지 않아 미안하다. 둥근이질풀의 군락은 신비로운 아름다움을 안겨준다. 그 예쁜 꽃 이름의 연유가 궁금하다.

산상화원은 식물을 보호하기 위해 한 사람이 넉넉하게 걸을 수 있는 폭의 길을 만들고 양쪽으로 단단한 줄을 이어놓았다. 꽃밭 침범을 막기 위한 예방 차원이다. 이곳에서 야생화와 하늘과 섞여 지내다 보면 시간의 속도가 멈춰 있어야 하는데 시간은 더 빠르게 흘러간다. 임도가 끝나는 지점에 화살표 두 개나 나온다. '고목나무샘·분주령→', '대덕산·검룡소→' 방향이다. 이제 다시 원시림의 숲으로 들어가라는 신호다.

하늘을 가리고 서 있는 나무들 사이로 뻗어 있는 길을 걸으면 고목나무샘이 기다린다. 약간 비탈진 곳에 관리를 하지 않아 방치된 고목나무샘은 세심한 신경을 쓰지 않고 무턱대고 걸으면 놓치기 쉽다. 표지판의 글씨도 판독 불가능하다. 이곳이 한강의 발원지다. 이곳의 샘물과 제당궁샘물과 물골의 물구녕 석간수와 예굼터에서 솟아나는 물이 지하로 스며들어 합쳐져 검룡소에서 역동적으로 솟구친다. 1987년 국립지리원에 의해 검룡소가 한강의 최장 발원지로 공식 인정되었지만 고목나무샘의 존재는 중요하다.

걷기 좋은 흙길을 지나고 약간의 오르막 내리막을 바쁠 것 없이 바람 불듯 흐르다 보면 분주령이다. 딱히 쉴 것도 없지만 한숨 돌리고 대덕산 정상에 신고식을 마치고 검룡소로 내려온다. 울창한 숲과 들꽃 잔치는 눈과 마음을 즐겁게 하고 평안을 심어준다. 대덕산 정상은 수십만 평의 자생 초지가 꽃밭을 이루고 있으며 산 위가 넓고 평평해 '큰 덕'이라 하여 산 이름도 대덕산이다. 산 어딘가에 비학상천형(飛鶴上天形, 학이 산천을 날아가는 형상)의 명당이 있다고 전한다.

대덕산 하산 길은 화려하다고 해야 옳다. 걷는 걸음마다 꽃들이 환호하고 멀리 펼쳐진 산의 등줄기들이 광활한 아름다움을 보탠다. 걷는 나도 자연의 한 풍경이 되어 내려오다 보면 계곡 물소리가 귀를 번쩍 울린다. 검룡소다.

한강의 발원지 검룡소. 둘레 20여 미터에 깊이를 알 수 없는 신비의 못. 암반을 뚫고 올라오는 지하수가 하루 2천~3천 톤이다. 솟구치는 물은 폭포를 이루며 쏟아진다. 오랜 세월 동안 흐른 물줄기 때문에 깊이 1~1.5m, 너비 1~2m 암반이 구불구불 패어 있다. 소(沼)의 이름은 물이 솟구치는 굴속에 검룡이 살았다 해서 붙여진 것이다. 솟아오르는 물줄기를 보면 뭉클하게 용이 용틀임

을 하는 모습이다.

태백시의 홍보에 따르면 옛날 서해 바다에 살던 이무기가 용이 되려고 한강을 거슬러 올라 가장 상류의 못을 찾아와 용이 되려고 수업을 했는데 못으로 들어가기 위해 몸부림친 흔적이 지금의 검룡소에 남아 있는 것이란다. 검룡소의 물은 사계절 9℃ 정도이며 주변의 암반에는 물이끼가 짙푸르게 자라나 신비감을 더한다. 거침없이 솟구치는 물줄기는 514km의 대장정을 시작한다. 정선의 골지천 조양강, 영월의 동강, 단양·충주·여주의 남한강으로 흘러 경기도 양수리에서 북한강과 합류하여 서울을 지나 김포·강화 인근에서 임진강과 합류한 다음 서해로 흘러간다. 한강의 탄생과 사멸의 드라마다.

검룡소를 점검하고 나오면 검룡소 주차장이 기다린다. 태백 택시를 콜해서 태백시로 향하면 나의 대장정도 끝이다. 택시 콜은 삼십 분 전에 하시라. 서로 기다림이 없게.

글을 마치기 전에 한 말씀 더.

검룡소만을 탐방하려면 검룡소 주차장에서 진입하여 원점 회귀한 시간이면 넉넉하다. ▲검룡소 – 분주령 – 대덕산 – 검룡소 주차장 코스도 세 시간이면 여유롭다. 그리고 걷기를 즐기시는 사람은 ▲두문동재 – 금대봉 – 분주령 – 대덕산 – 검룡소 코스를 택하면 행복하다. 두문동재로 회귀해도 큰 무리는 없다. 건각들이여, 떠나시라. 가을의 초입이다. 두문동재에서 검룡소 구간 걷기는 서늘한 가을을 만끽할 수 있는 환상의 선물이 될 테니.

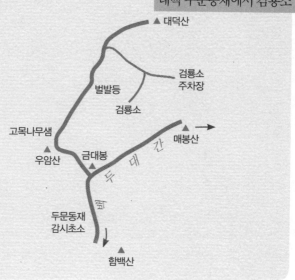

태백 두문동재에서 검룡소

대덕산 ▲

검룡소
주차장

벌발등

검룡소

고목나무샘

매봉산 ▲ →

우암산 ▲

금대봉 ▲

두대간

두문동재
감시초소

↓

함백산 ▲

🚐 교통

자가운전은 영동고속도로 → 중앙고속도로 → 제천IC → 38번 국도 → 영
월 → 사북 → 두문동재 정상. 고속버스로는 동서울터미널에서 태백행을
타고 태백에서 택시로 이동하면 되고 철도는 청량리역에서 매일 6회 운행
한다.

🏠 숙박

두문동재나 검룡소 입구에 숙박 시설이 없다. 태백시의 시설을 이용해야
한다.

야생화에게

말하지 않아도 사랑이란 걸 알아요

바람에 흔들리며 피어 있는 외로움

창 열린 낯선 민박집 별을 헤던

그날 밤

민족의 아픔을 같이한 고개를 넘다

북한산 우이령 길

"북한산국립공원은 우이령을 중심으로 남쪽의 북한산 지역과 북쪽의 도봉산 지역으로 구분된다. 쇠귀고개로 알려진 우이령(牛耳嶺) 길은 한국전쟁 이전에는 경기도 양주시 장흥면 교현리와 서울의 우이동 일대를 연결하는 좁은 길이었으나 한국전쟁 당시 미군 공병대가 작전도로를 개설하여 차량 통행이 가능하게 되었다. 피난길로 이용되기도 했던 이 길은 1968년 1·21사태(김신조 일당 무장공비 침투사건) 이후, 1969년부터 국가 안보 및 수도 서울 방어를 목적으로 2009년 6월까지 민간인 출입이 전면 금지되었다. 그러나 우이령 길을 국민에게 되돌려주어야 한다는 여론이 대두되면서 국립공원관리공단에서는 1968년 사방사업 당시 시행한 돌배수로, 돌쌓기 공법과 어울리게 공사를 시행하는 등 자연 친화적 정비 공사를 완료하고 2009년 7월 전면 개방하게 되었다."

북한산국립공원에서는 1968년 1월 21일 침투한 무장공비 체포 당시의 사진과 함께 안내문을 세웠다. 우이동 쪽 안내사무소를 통과하면 바로 있다.

우이동에서 고개를 넘어 양주시 장흥면 교현리까지 거리는 불과 4.5km. 이 구간을 걷기 위해 우리는 40여 년의 시간을 기다려야 했다. 그렇다고 해서 언제, 어느 시간에, 마음대로 걸을 수는 없다. 이유야 어찌 됐건 아무 때나 걸을 수 없는 국립공원 구간이며 이 구간이 북한산 둘레길 21구간이다. 사전 예약을 해야 방문이 가능하다. 입산 지점은 서울의 우이동 쪽과 양주시 교현리 쪽 두 곳이다. 예약증과 신분증을 확인하고 입산한다. 65세 이상은 전화 예약이 가능하고 그 미만은 인터넷 예약이 필수다.

세계적으로 드문 도심의 자연공원

세계 어느 도시에 내놓아도 손색없는 북한산은 우리나라 열다섯 번째로 지정된 국립공원이다. 지구 상의 드문 도심 자연공원이며 수려한 자연경관과 문화자원을 간직하고 있다. 미래에도 우리 국민이 무한으로 혜택을 누릴 수 있다. 무한 혜택을 누리기 위해 우리는 북한산을 보호하고 지켜야 한다.

국립공원 지정이 그렇다. 우리나라의 자연 생태계나 자연 및 문화 경관을 대표할 만한 지역으로 이를 보호하고 지속 가능한 이용을 도모하기 위해 국가가 지정·관리하는 것이다. 1967년 지리산을 최초로 현재 전 국토의 6.6%에 해당하는 20개 국립공원이 지정돼 있다.

우이령 숲길을 '아무 때나 입산할 수 없다'는 이유가 여기에 있다. 숲을 보호하고 길을 지켜야 한다. 사전 예약제를 실시하여 입산 인원에 제한을 두어야 산이, 숲이, 길이, 계곡이 망가지지 않는다. 돌이켜보면 그랬다. 지난 2009년 7월 중순 우이령 길이 온 국민에게 전면 개방되었다. 40년 동안 입산 통제되었던 우이령 숲길은 국가 안보를 위한 차량이 일부 통행되었지만 사람의 손발이 스치지 않은 모습으로 아름다움을 충분히 간직하고 있었다. 산벚나무, 진달래, 철쭉, 국수나무가 군락을 이루며 철 따라 꽃을 피우고 잎을 물들이며 계절의 변화를 알렸다. 물푸레나무, 리기다소나무, 신갈나무 등이 키 재기를 하며 건강한 숲을 조화롭게 이루고 있었다.

그런 조용한 숲길이 소란스러워지기 시작했다. 주말이면 1만 5천 명 이상이 숲길을 복작댔다. 평일에도 3천 명을 넘는 입산객은 예사였다. 시대의 아픔을 간직한 채 조용히 숨 쉬고 있던 '서울의 DMZ' 우이령 길은 시민들에게 분명 40년이란 시간의 목마름과 호기심을 자극하기에 충분했다. 나도 그 10여 일 동안에 두 번을 갔다. 오봉에서 발아래로 바라보기만 했던 우이령의 속살을 만져보고 확인하고 싶어서였다. 우이암을 지날 때면 그 길을 꼭 딛고 싶었다.

그 많은 탐방객들로 인해 우이령 길은 몸살을 앓기 시작했다. 쓰러져 눕는 것은 시간문제였다. 건강한 숲의 생태를 보존하기 위해 북한산국립공원관리공단에서는 급기야 사전 예약제로 전환했다. 그해 7월 27일부터였다. 현재까지 매일 천 명(송추 5백 명, 우이 5백 명)씩 예약을 받아 오전 9시부터 오후 2시까지 출입을 허용하

고 있으며 오후 4시까지는 하산해야 한다.

소의 귀처럼 늘어졌다 — 우이령(牛耳嶺)

우이동 종점에서 버스를 내렸다. 일찍 맞은 추석이 지났지만 날씨는 찜통더위다. 예전 같지 않게 우이령으로 접어든 길은 어수선했다. 2차선 골목도로 양옆의 음식점을 들락거리는 차량의 배기가스가 숨통을 막는다. 탐방센터까지의 20여 분 거리도 고역이다.

북한산 우이령 길

북한산성 입구나 교현리, 정릉 입구처럼 정비가 잘돼 있지 않다. 이곳은 덜 된 것인지 안 한 것인지 우이동 입구의 유흥 음식점들이 예전처럼 버티고 있는 것이 질색이다.

우이령을 중간에 두고 남쪽은 북한산, 북쪽은 도봉산이다. 두 산의 능선이 쇠귀고개(우이령)를 중심으로 '소의 귀'처럼 늘어졌다 해서 우이령이란 이름이 유래했다. 그 쇠귀고개를 넘어 경기도 양주 땅 교현리로 가기 위해 탐방안내소를 통과한다. 포장도로가 사라지면서 흙길이다. 길은 휘어지고 약간 오른다. 쌈지 화단이 조성돼 있으며 벌개미취가 반기고 안내 입간판으로 사진을 곁들인 안내판에 박힌 홍자빛의 노루오줌은 빛이 허옇게 바래 솜털처럼

하얗다.

나무는 살아 있는 동안 맑은 공기, 푸른 녹음, 열매 등을 제공하며 사람과 동물(생물)이 살아갈 수 있도록 도와준다. 나무는 죽은 후에도 많은 생명이 자랄 수 있는 터전을 제공한다. 곤충의 산란 장소, 애벌레의 서식 장소가 되기도 하며 인간에게 필요한 목재가 되기도 한다. 미생물 등에 분해되어 토양을 기름지게 하는 양분이 되기도 한다. 숲에 들면 아낌없이 주는 나무의 소중함을 언제나 생각하게 된다. 씀바귀인지 고들빼기인지 헷갈리는 국화과 노란 꽃이 땡볕 아래 조용하게 피어 있다. 아직 잎이 곱게 물들지 않은 초록 단풍나무 아래로 젊은 부부가 유모차를 밀며 길을 오른다. 쉼터가 나오고 그늘 밑에 기다란 나무 의자는 반대편에서 걷는 이들의 휴식처로 안성맞춤이다.

좀 더 오르니 초등학생으로 보이는 10여 명의 아이들이 동행한 부모에게 걸음을 멈추고 묻고 있었다.

"아빠, 이게 뭐예요?"

그 아이의 눈에는 처음 본 물건인 모양이다. 북한산 둘레길에 거대한 시멘트 구조물이 길 양쪽에 우람하게 쌓여 있으니 묻지 않는 게 이상한 일 아니겠는가. 그것은 한국현대사의 아픔을 고스란히 간직하고 있는 대전차 장애물이었다. 한국전쟁 이전에는 파주나 양주에서 한양으로 넘었던 오솔길 우이령. 그다음 전쟁 당시에는 주민들의 피난길로 살기 위해 넘어야 했던 우이령. 지금도 한국전쟁은 진행 중임을 대변하듯 그곳에 남북 대치의 상징인 대전차 장애물(고가 낙석)이 설치되어 있다. 대전차 장애물은 유사시 받침대에 올려져 있는 콘크리트 덩어리를 도로로 떨어뜨려 적의 전차(탱크) 진입을 막는 군사시설이다. 아버지의 설명을 들은 아이는 고개를 그냥 갸우뚱할 뿐, 걷던 길을 간다.

그곳에 우이령 작전도로 개통 기념비도 친절 또는 거만하게 세워져 있다.

"일명 쇠귀고개로 알려진 우이령 길은 한국전쟁 이전에는 경기도 양주시 교현리와 서울의 우이동 일대를 연결하는 소로였으나, 한국전쟁 후 미군 제36공병단에 배속된 109공병대대, 102공병대대가 작전도로를 개설, 차량 통행이 가능하게 되었다. 36공병단의 공병도로로 1964~65년에 건설되어 1965년 4월 24일 개통하였다."

그렇다면 우리가 걷고 있는 이 둘레길 21코스는 작전도로다. 우이령 길의 운명도 기구하지 않은가. 1965년에 개통되어 4년 후인 1969년에 통제되었으니 길의 생명이 태어나서 4년을 숨 쉬다가 40년을 침묵했고 이제는 그 아픈 역사를 아랑곳하지 않는 사람들의 발길에 수치심을 참고 견뎌야 하니 말이다.

네가 살아온 나날을 누가
어둠뿐이었다고 말하는가.
몸통 군데군데 썩어
흉한 상처 거멓게 드러나고
팔다리 여기저기 잘리고 문드러져
온몸이 일그러지고 뒤틀렸지만

터진 네 살갗 들치고

바람과 노을을 동무해서

어깨와 등과 손끝에

자잘한 꽃들 노랗게 피어나는데.

비록 꽃향기 온 들판을 덮거나

산을 넘고 바다를 건너지는 못해도

노란 꽃잎 풀 속에 떨어지면

 북한산 우이령 길

옛얘기보다 더 애달픈

초저녁 풀벌레의 노랫소리가 되겠지.

누가 말하는가 이 노래 듣는 이

오직 하늘과 별뿐이라고.

　　　　　－신경림, 「수유나무에 대하여」

내게는 왜 나무에 대한 신경림 선생의 시가 우이령 길에 보내는 헌사로 들려 가슴이 울렁이는가. 얼굴을 떨구고 걸었다. 한 고개를 넘은 것인가. 쇠귀고개(우이령) 이정표가 덤덤하게 서 있다.

맨발이냐 등산화냐 오봉이 내려다본다

길은 걷기에 참으로 편안하다. 이제부터 내리막길이다. 시야가 확 트인다. 40여 년 동안 군 수송차가 통행하던 울퉁불퉁 파이고 돌멩이 뒹굴던 길을 사람이 걷기 편하도록 마사토를 깔아 복원했기 때문이다. 맨발로 걷는 길을 조성한 것이다. '맨발로 느끼는 우이령 숲'을 체험하게 된다. 걷다 보면 '등산화를 벗을 것이냐, 그냥 갈 것이냐'로 실랑이를 하는 탐방 팀들도 있다. 맨발파와 등산화파로 나뉘어 하산주 내기를 하면서 걷는 일행도 있다. 그 모습을 거대한 다섯 바위 덩치인 오봉바위가 지그시 내려다본다. 40년만의 정겨운 모습이라고. 우이령 길에 대한 스토리텔링도 많다.

바위고개 언덕을 혼자 넘자니 / 옛 님이 그리워 눈물 납니다 /
고개 위에 숨어서 기다리던 님 / 그리워 그리워 눈물 납니다

바위고개 피인 꽃 진달래꽃은 / 우리 님이 즐겨 즐겨 꺾어주던 꽃 /
님은 가고 없어도 잘도 되었네 / 님은 가고 없어도 잘도 되었네

바위고개 언덕을 혼자 넘자니 / 옛 님이 그리워 하도 그리워 /
십여 년간 머슴살이 하도 서러워 / 진달래꽃 안고서 눈물집니다

북한산 우이령 길 ·

진달래 군락지를 통과하면 한국의 슈베르트라 불리는 이흥렬 (1907~1980) 작사·작곡, 백남옥 노래의 〈바위고개〉가 떠오른다. 작사·작곡가는 "바위고개는 이 세상에 존재하지 않는 상징적 고개이며, 삼천리 금수강산 우리의 온 국토가 바위고개"라 했지만 이 지역에서는 '우이령=바위고개'로 알려져 있다.

쉬엄쉬엄 걸으면 예전엔 군 훈련장으로 사용되었던 공터가 나온다. 지금은 넉넉하고 편안한 여러 사람들의 쉼터 역할을 한다.

한 땀 닦으면서 북쪽에 있는 오봉바위를 바라보면 감탄사가 절로 나온다. 서울의 산에 이러한 바위가 있다니?! 나홀로도 아닌 다섯 개의 거대한 바위가 위용을 자랑하고 있으니 말이다. 거기에도 당연히 스토리가 있을 터. 한마을 다섯 총각이 힘자랑을 벌였다. 오봉 맞은편 북한산 상장능선에 있는 바위를 오봉능선을 향해 가장 멀리 던지는 사람이 원님의 외동딸에게 장가를 든다는 거였다. 그래서 상장능선에 있던 바위들이 오봉능선으로 던져져 오봉바위

북한산 우이령 길

(660m)로 남아 오늘에 이르게 되었다는 스토리.

맨발이거나 등산화거나 흙길을 걸어가면 삼거리 공터를 만난다. 예전 유격장이다. 우측은 석굴암으로 향하고 직진하면 교현리 입구. 걸었던 길보다 더 부드러운 흙길이다. 흠이 있다면 석굴암으로 가는 차들이 오고 간다는 점이다. 걷는 얼마 동안 오봉바위가 내내 멀리서 따라온다. 산길 개념이 아닌 마을 길 정도로 쉬엄쉬엄 길을 걸으면 여유 있고 한가로운 정취를 느낄 수 있다.

구파발에서 송추로 향하는 도로의 풍경도 우이동과 사뭇 다른, 멀리 시외로 나온 기분이다. 우이동 쪽 탐방객들은 언제 다시 왔던 지점으로 가느냐? 하고, 마음의 게으름을 피운다. 그러나 한가로운 걷기 길에 취해보시길 바란다. 구파발이나 의정부로 나가는 버스를 어느 방향으로 타건 귀가에 차질이 없을 터. 송추 쪽은 도봉산을, 구파발 쪽은 북한산을 멀리 바라보고 품을 수 있는 기회를 맛볼 수 있다.

🚗 교통

교현탐방지원센터 : 구파발역(3호선) 1번 출구에서 704번, 34번 버스 이용,
석굴암 입구 하차. 경기도 양주시 장흥편 교현리 산 47-11
우이탐방지원센터 : 수유역(4호선) 3번 출구에서 120번, 153번 버스 이용,
종점 하차. 먹거리 마을 방향으로 간다.

오래된 슬픔

─우이령

오래된 슬픔은 왜 눈물이 없는가

잘못 든 끼니처럼 명치에 걸리는가

척추를 타고 오르며 휘청이게 하는가

한번 떠난 그대는 돌아오지 않았다

영월 김삿갓길

영월 김삿갓길

강원도 영월군에 김삿갓면이 있다? 없다? 무슨 퀴즈 문제 같다. 아리송하다. 면 이름에 사람 이름을 붙이는 예는 드물기 때문이다. 정답은 김삿갓면이 있다! 김삿갓길을 찾아가려면 강원도 영월군 김삿갓면으로 가야 한다. 원래 하동면이었는데 영월군에서 2009년 10월 면 이름을 김삿갓면으로 바꾸고 김삿갓길을 관광자원으로 특화시켰다.

김삿갓길은 김삿갓문학관에서 김삿갓 묘지를 거쳐 김삿갓 주거지(생가 터)까지 2.4km의 산길을 일컫는데, 해마다 김삿갓을 추모하며 걷기 행사를 축제의 한마당으로 벌이는 코스다. 이에 따라 이 길을 걷는 사람들은 한 해 20만 명에 이르고 있으며 해를 거듭할수록 찾는 발길이 늘고 있다.

2011년 10월 1일~3일에는 김삿갓문화제가 14회째 열렸으며 다양한 프로그램으로 성대한 행사를 진행했다. 제7회 김삿갓문학상은 《현대시학》 주간 정진규 시인이 수상했다. 수상 시집 『사물들의 큰언니』(책만드는집, 2011)에 수록된 시 「태(胎)」의 시비 제막식도 거행되었다.

　김삿갓길은 산과 산 사이로 이어지는 가벼운 산책 코스 정도이지만, 생가 터까지만 걷기에는 아쉬움이 남는다. 이왕 길을 나섰으면 마대산(1052m)으로 오르는 김삿갓 등산로를 걷는 발맛을 봐야 제격이다. 김삿갓 주거지를 지나면 곧바로 등산로를 안내하는 표지기가 색깔 별로 바람에 펄럭이며 반긴다. ▲어둠골－정상－처녀봉－암자－신선골－김삿갓 묘역－문학관으로 이어진다. 걷는 거리는 8.4km. 김삿갓길도 걷고 마대산 등산을 겸할 수 있는 여유로운 원점 회귀의 코스다. 올해로 세 번째 김삿갓등산대회를 열어 참가자들은 가을의 정취를 만끽했다.

가는 날이 장날 전국의 김삿갓 모여들어

　김삿갓면 와석리 김삿갓유적지 일원에는 이른 아침이었지만 차량으로 주차장은 이미 만차였고 전국의 김삿갓들은 문학관 광장으로 모여들고 있었다. 가는 날이 장날이었다. 문화제 첫날(10월 1일)이었다. 황금 연휴를 즐기면서 김삿갓의 시흥에 젖어보려는 사람들로 흥겨운 축제 한마당은 이미 막이 올라 있었다.

　죽장에 삿갓 쓰고 방랑 삼천리 / 흰 구름 뜬 고개 넘어 가는 객이 누구냐 / 열두 대문 문간방에 걸식을 하며 / 한 잔 술에 시 한 수로 떠나가는 김삿갓

　세상이 싫던가요 벼슬도 버리고 / 기다리는 사람 없는 이 거리 저

마을로 / 손을 젓는 집집마다 소문을 놓고 / 푸대접에 껄껄대며 떠나가
는 김삿갓

　방랑에 지치었나 사랑에 지치었나 / 개나리 봇짐 지고 가는 곳이 어
데냐 / 팔도강산 타향살이 몇몇 해던가 / 석양 지는 산마루에 잠을 자
는 김삿갓
　－김문응 작사 · 전오승 작곡 · 명국환 노래, 〈방랑 시인 김삿갓〉

　마대산 깊은 골을 울리는 스피커의 노래를 따라 광장에 모인 사
람들이 흥에 겨워 〈방랑 시인 김삿갓〉을 합창하고 있었다. 나도
오랜만에 큰 소리로 따라 부르며 문학관 안을 둘러보고 이곳저곳
을 기웃거리며 시비가 세워진 곳으로 발길을 옮겼다. 눈에 익은
시인들의 시가 새겨진 시비들 사이에 오늘 갓 태어난 정진규 시

인의 시비가 눈에 들어왔다. 반가웠다. 그 시는 내가 몸담고 있는 〈책만드는집〉에서 발행한 시집 『사물들의 큰언니』 45쪽에 있는 시였다.

여자들은 무엇에나 한 그릇 밥을 고봉으로 슬어놓는다 하얀 알을 슬어놓는다 지어놓는다 낳는 일과 짓는 일은 다르지 않다 고추 농사 지을 때마저 그렇게 한다 가득 밴 노오란 고추씨들 가을 햇살 아래 쏟아진다 배를 따고 있다 그래야 직성(直星)이 풀린다 다행이다
    —정진규, 「태(胎)」

가을 햇살을 안고 서 있는 시비에 새겨진 언어들의 꿈틀거림이 집 나간 가족을 낯선 곳에서 만난 듯이 반갑다. 광장에는 김삿갓의 조각상이며 죽장, 짚신, 삿갓 등의 설치물과 시들이 볼거리와 읽을거리를 충분히 제공하고 있다.

김삿갓길을 찾아가기 위해 광장을 벗어나 다리를 건넌다. 평범한 다리인데 양쪽 끝 난간에 벼루와 붓 모양의 장식이 일품이다. 서울 인사동의 안국동 방향에 세워진 붓 설치물을 제외한다면 가장 큰 붓 조형물인 듯하다. 길이로 따지자면 김삿갓 다리의 붓이 훨씬 길다. 모필 부분만 치자면 인사동 붓이 더 크지만. 걷다 보면 영월, 김삿갓 묘역 이정표가 나온다. 그쯤에서 개울을 잇는 섶다리가 오래된 풍경을 연출한다.

도로의 왼쪽으로 접어들어 가다가 만나는 작은 공원의 모습은 모두가 김삿갓 관련 모습이다. 왼쪽 길은 마대산 등산로 길이다.

생가 터로 이어진 산길이며, 직진하면 버들고개다. 고갯길에서 우측에 김삿갓 묘지가 있다. 야트막한 산자락에 널찍하게 자리 잡은 묘지가 그의 생애에 비해 일품이다. 그냥 보기에도 명당임이 분명하다. 이곳이 어디인가. 소백산과 태백산이 만나는 영월 땅 양지바르고 아늑한 산자락이 아니던가. '시선난고김병연지묘(詩仙蘭皐 金炳淵之墓)'다. 방랑 시인 김삿갓의 묘지 앞에 선 것이다.

묘지 앞의 상석이며 묘지 표지석이 모두 인공이 아닌 자연석으로 갖춰져 있으며 묘지 앞에 삐딱하게 서 있는 직사각형의 돌덩이가 기이하게 마음을 끌고 눈길을 잡아당긴다. 난고 김병연의 속내

를 그대로 드러낸 듯하여 나도 덩달아 뻐딱하게, 그러나 마음 흩
어짐 없이 다잡으며 살고 싶어진다.

　여기서 시 한 수 놓치고 가면 난고 선생이 서운해할 터.

　　　새는 둥지가 있고 짐승도 제 굴이 있어 보금자리가 있는데
　　　내 평생 돌아보니 나만 홀로 상처뿐이로구나
　　　짚신 신고 대지팡이 짚고 천리 길을 떠돌며
　　　물처럼 구름처럼 방랑하니 사방이 내 집이로다
　　　―「난고평생시」

　태백산맥과 소백산맥이 만나 맺힌 기를 받는다는 양맥기단(兩脈

氣檀) 자연석 위에 올라 시 한 수를 읊고 나니 절로 흥이 도는 듯하더니, 난고의 생애를 더듬어가니 가을 햇볕도 우울해하는구나.

김병연(1807~1863)은 평북 선천의 부사였던 조부 김익순이 홍경래의 난 때 투항한 죄로 집안이 멸족을 당하게 되자 노목 김성수의 구원으로 형 김병하와 함께 황해도 곡산에 숨어 살았다. 그러나 김익순에 대한 문제는 본인에게만 묻고 가문을 폐문한다는 조정의 결정이 알려지면서 모친과 함께 황해도 곡산을 떠나 할머니가 계시는 광주를 거쳐 이천, 가평, 평창을 전전하다 영월에 정착하게 되었다.

당시 반역으로 인한 죄는 거의 연좌제로 처벌을 받아 가문의 삼대를 멸족하는 것이 통례였다. 그러나 이들 모자가 처벌받지 않았던 것은 당대 실권 세력이 안동 김씨였기 때문인 것으로 사학자들은 추측한다. 이렇게 김병연의 모자는 목숨을 연명할 수 있었으나 떳떳한 사대부로는 지낼 수 없는 상황이었다. 명색이 반역죄로 조부 김익순이 능지처사를 당하였고 집안이 폐적을 당했기 때문이다.

문중에서도 거의 추방된 김병연 모자는 이러한 이유로 산속 깊은 곳에서 권문세족임을 숨기고 살아가야 했다. 강원도 영월에서도 가장 인적이 드문 첩첩산골을 골라 생활하면서도 반가(班家)의 기풍과 안목을 갖춘 김병연의 어머니 함평 이씨는 자식들에게 글을 가르쳤다. 가문의 내력에 대한 소상한 진상을 알지 못한 채 학업에만 정진해온 김병연은 훗날 영월도호부 과거에 응시하여 '논정가산충절 사탄김익순죄통우천(論鄭嘉山忠節 死嘆金益淳罪通于天)' 이라는 시제 아래 장원급제하였다.

‘홍경래의 난 때 정가산의 충절을 논하고 하늘에 사무치는 김익순의 죄를 한탄하라’는 시제를 받고 김병연은 자신의 할아버지를 통렬하게 비판하는 글로 장원급제를 한 갓이다. 나이 20세였다. 그때까지 어머니가 입을 열지 않았으므로 자신의 할아버지가 김익순이라는 사실을 몰랐다. 그의 나이 5세 때 홍경래의 난이 일어나 할아버지가 참수형을 당하고 아버지는 9세 때 화병으로 세상을 떠난 지 오랜 뒤의 일이었다.

장원의 기쁜 마음으로 집에 돌아온 김병연을 기다리고 있던 것은 하늘이 무너져 내리는 충격적인 사실과, 인생이 바뀌는 놀라움뿐이었다. 그는 어머니로부터 집안 내력을 떨리는 마음으로 소상하게 전해 듣는다. 그리고 조상을 욕되게 한 죄인이란 자책감과

폐문한 집안의 자손이라는 멸시로 인해 처자식을 둔 채 방랑의 길을 시작하였다. 여기에서 의문이 생기는 대목이 있다. 아무리 어머니로부터 듣지 못했다 해도 나이 20세 때까지 자기 자신의 내력을 몰랐다는 것은 쉽게 납득이 가지 않는다. 지방인 영월관청에서 실시하는 과거(백일장)였다 해도 가족 관계를 기재해야 했을 터인데, 그 과정을 어떻게 통과했는지 궁금하다. 사료가 없으니 그 일은 여기서 접기로 하자.

장원급제 이후 김병연은 집을 떠나 방랑한다. 죄인 의식으로 푸른 하늘을 볼 수 없다 하여 삿갓에 죽장(竹杖)을 짚고 전국을 떠돌기 시작했다. 금강산 유람으로 방랑 생활을 시작하여 한양, 함경도, 강원도, 황해도, 충청도, 경상도, 전라도, 평안도, 제주도를 돌았으며 도산서원 아랫마을과 황해도 곡산 등지에서 몇 해 동안 훈장 노릇을 하였다. 그러다가 전라남도 화순군 동복 땅에서 방랑의 삶을 마감했다. 그의 나이 57세. 30여 년 동안의 방랑이 그친 것이다.

복원된 생가를 지나 마대산으로 오르다

묘역을 벗어나 생가 터가 있는 마대산으로 향한다. 김삿갓길의 진입로이면서 마대산 등산로이기도 하다. 초입에 작은 성황당이 있다. 지붕은 돌덩이로 눌러놓았고 그 위로 담쟁이덩굴이 붉게 물들어 익어가는 가을을 알린다. 여기서부터 1.8km를 걸으면 김삿갓 생가가 나온다. 계곡 길은 평지와 다름없이 유순하다. 산자락을 굽어 돌아가면 난고의 시들이 깃발처럼 펄럭인다. 영월군에서 여러 편의 시를 인쇄해서 줄에 달아놓았다. 김삿갓길의 정한을 충분히 느끼게 한다. 휘어 도는 길을 걷는데 재미있는 표지판이 눈에 들어온다. '영월군 김삿갓면'과 '단양군 영춘면'의 표지판이다.

내가 걷는 길이 충청북도와 강원도의 경계를 넘나들면서 이어지고 있는 것이다. 그렇다면 나는 짧은 시간에 충청과 강원을 오고 가는 방랑 시인 김삿갓과 다름 아니다. 그도 그럴 것이 인적이 드문 깊은 골을 혼자 걷고 있으니, 발길을 붙잡는 김삿갓 시를 읊으며 걷고 있으니, 김삿갓이 어디 따로 있겠는가. 흔들흔들 갈지자걸음으로 걷다 보니 생가 터에 복원된 난고 김삿갓 주거지다.

툇마루에 걸터앉은 탐방객이 시 한 수를 읊고 있다. 그 소리를 듣던 동행한 아내가 남편을 대견한 듯 먼발치에서 바라본다.

"당신이 언제 시를 썼어요?"

내가 슬쩍 거든다.

"눈치 빠른 것도 재주입니다."

부인은 무슨 영문인지 모르고 웃는다. 그의 남편도 웃는다. 여기저기 새겨진 난고의 시를 슬쩍 훔쳐보고 한 수 뽑은 것이다. 그들과 눈인사를 하며 기념사진도 찍어주고 헤어진다.

2002년 9월에 복원된 주거지에는 마대산 김삿갓으로 알려진 최상락 씨가 영월군청 소속 문화해설사로 있으면서 살고 있다. 그는 항상 김삿갓 복장으로 다니면서 문학관, 묘지를 돌며 탐방객들을 맞는다. 생가 터에서 생활한 지 4년째다. 최 씨는 이미 현대판 김

삿갓으로 영월의 명물이 되었다. 언젠가 영월에서 서울행 버스를 탔는데 김삿갓 복장 그대로였다. 나는 그때 최 씨를 만났고 오늘은 구면이다.

생가 터는 본채가 있고 그 옆에 난고당이 있다. 그 안에 난고 김병연의 초상이 모셔져 있으며 탐방객들은 그 앞에서 예를 갖춘다. 난고당 뒤로 마대산 등산로가 이어진다. 생가 터가 해발 550m이니 마대산 정상이 1052m라 해도 별 부담 없이 산행을 즐길 수 있다. 등산로는 두 길인데 왼쪽은 어둠골, 오른쪽은 신선골이다. 어느 방향으로 길을 잡아도 무리는 없다. 산을 오르면 화전민들이 살았던 흔적이 남아 있다. 낙엽송들이 하늘을 향해 쭉쭉 뻗어 있다.

가파르게 치고 오른 마대산 정상에서 바라본 남한강 줄기는 길고 아득하다. 김병연도 내가 서 있는 이 자리에 서서 저 흐르는 강줄기를 바라보며 세상을 탄!하고 자신을 한없이 탄!했을 것이다.

깊은 가을 나뭇잎 하나
모진 서리에 병들어
미풍에 떨어지니
모진 서리 때문인가
실바람 때문인가
—난고, 「심추낙엽(深秋落葉)」

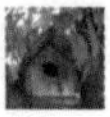

영월 김삿갓길

🚗 교통

자가운전은 영동고속도로 만종분기점 → 중앙고속도로 → 서제천IC → 영월 방향 38번 국도 → 영월읍 → 김삿갓문학관. 고속버스는 동서울터미널에서 영월행을 탄다. 오전 7시부터 열 차례 운행한다. 영월읍에서 택시나 버스를 이용하면 된다. 자가운전을 권한다.

🏠 숙박

영월 시내와 근교에 다양하게 있다.

삐딱

영월군 김삿갓면 생오지 찾아가면

길쭉한 돌덩이 하나 삐딱하게 서 있다

김삿갓 무덤 지키며 제멋대로 멋을 낸